李可染的世界·山水篇

江山無盡

北京画院 编

广西美术出版社

图书在版编目（CIP）数据

李可染的世界. 山水篇 : 江山无尽 / 北京画院编.
— 南宁 : 广西美术出版社, 2014.11
ISBN 978-7-5494-0778-1

Ⅰ. ①李… Ⅱ. ①北… Ⅲ. ①山水画—作品集—中国—
现代 Ⅳ. ①J222.7

中国版本图书馆CIP数据核字(2014)第271694号

李可染的世界 · 山水篇
江山无尽
LI KERAN DE SHIJIE·SHANSHUIPIAN
JIANGSHAN WUJIN

编　　者：北京画院
出 版 人：蓝小星
终　　审：黄宗湖
策划编辑：姚震西
责任编辑：杨　勇　廖　行
责任校对：梁冬梅　蒙素美　毛玉梅
审　　读：肖丽新
设计制作：北京锦绣东方图文设计有限公司
出版发行：广西美术出版社
地　　址：广西南宁市望园路9号
邮　　编：530022
网　　址：www.gxfinearts.com
印　　制：北京雅昌艺术印刷有限公司
印　　数：2000
版　　次：2014年11月第1版
印　　次：2014年11月第1次印刷
开　　本：889 mm × 1194 mm　8开
印　　张：34.75
书　　号：ISBN 978-7-5494-0778-1/J · 2234
定　　价：780.00元

江山無盡

前 言

王明明

今年的"江山无尽·山水篇"是"李可染的世界"五个系列专题展的最后一个收官展览，为此而出版的这本画册也集中表现了可染先生在山水画上的突出成就，汇集了他不同时期山水画的精品130余幅。从这些作品中可以看出，可染先生的山水画经过几个时期的演变，这些演变正好符合了中国画的发展规律，是由传统向现代转型的非常典型的案例。

可染先生早年从学习"四王"入手，后转学西画，抗战期间开始精研传统，提出"用最大功力打进去，用最大勇气打出来"的座右铭，对具有革新精神的石涛、八大情有独钟。这一时期他的山水画笔墨精到、简练，行笔快，呈现出简逸灵动的风貌。可染先生跟齐白石先生学习之后，从白石老人身上体会到中国画一定要慢。从那个时候起，他的作品慢慢转向更多的思考和行笔落墨的慢，到晚年他已经把巧变成拙，这是一个艺术家在审美上非常大也非常难得的一个转变。一般人的心性喜巧而难为拙，可染先生由快而慢，他用富有金石味、奇崛古拙的线条来画牛，深厚沉郁的积墨画山水，其书法的用线也变得铁线银钩、烟云缠绕，具有金铁烟云般的古拙之美，这其实是中国画审美发展的规律，也是可染先生从齐白石先生的艺术道路中体会之后变成自己对中国画更深入的理解。

可染先生山水画风转变的另一个大的动因来自于20世纪50年代几次集中的外出写生活动。虽然这套丛书以"千难一易·写生篇"来呈现这些写生作品，但要理解可染先生山水画创作历程和演变逻辑，仍不能抛开这一重要过程。通过这几次大的外出写生，提升了可染先生对中国画"外师造化、中得心源"传统的理解与实践。我们现在对可染先生的山水写生认识仍流于简单，过于片面地强调可染先生写生的功能。我理解他的写生不是简单的对景写生，实际上一开始就是一种再创造，他在写生中解决了几个大的问题：一是造型的问题；二是通过重新组合，变成具有自己语言方式的作品的问题；三是具体表现问题，比如他在一些草图中用铅笔细致地画了很多山的逆光的写生，投入非常多精力去研究光线照射在山峦上的不同的变化。因此，我认为可染先生的每一张写生都是在解决山水画的问题，而不是我们现在形式上的一种写生，没有任何解决问题的思考和方法。现在很多画家天天抱着画夹去写生，最后却让真山真水束缚了自己，而可染先生通过写生，却解决了对传统的理解、对传统的突破、对生活的感受，从而为自己风格的确立与演变寻找到很多的灵感源泉。

可染先生的山水画演变过程中还有一个非常重要的转折期。"文革"时期他画了一些井冈山、韶山或毛主席诗意画，这些作品中不乏生硬而未舒展的笔墨，一如他在"文革"中反复练习的"酱当体"，但我却感觉这好比是蝉的蜕壳和蝴蝶的羽化过程，是可染先生寻找突破前的一种非常痛苦的演变和艰难的探索过程。很多艺术家在进行这种探索时很可能一下子突破不了便轻易放弃，可染先生的可贵之处在于，他以超越常人的勇气，通过艰难的蜕变和升华，最终使晚年的作品达到了中国画笔墨和意境的最高境界。可染先生晚年的山水虽然积墨非常丰富，通过多遍的加染之后，画面看起来仍是那么单纯，笔墨凝练，强调几个大的黑白关系，达到传统中国画删繁就简的最高追求，完成了从眼中的自然山水转向心中山水的最高境界。可染先生山水画的单纯是无法超越，也无法复制的。他最后又回到中国画最本质的东西，早年山水画中的灵动也回到晚年的山水画中。因此，从某种意义上说，这一段的演变过程是非常险的棋。

可染先生的山水画演变正好吻合了禅宗所谓认识事物的三层境界：第一境界"见山只是山，见水只是水"；第二境界："见山不是山，见水不是水"；第三境界："见山还是山，见水还是水"。通过自己的感悟与理解，从表现自然山水完全转向表现胸中山水，在中国山水画史上是不多见的，因此可染先生取得的成就和开宗立派的价值，是20世纪中国画坛鲜见的。

今天我们学习可染先生，要学习他对中国画的继承、突破、转变，最后又能升华的勇气和胆识，而不是去学他的样式。这也是可染先生学习前辈大师的方式，比如他从两位恩师齐白石和黄宾虹身上体会到最精华的东西：齐白石的慢和对中国画的观察方法，黄宾虹对于山水的深邃理解和积墨的办法(李可染的积墨与黄宾虹是不同的)，这些东西在李可染的内心已经消化，再吐出来时就没有两位大师任何的样式。中国画需要发展，需要创新，但首要的是一种传承关系，对传统的深入理解，对生活深切感受之后，再加上画家的才情、人品和对中国画的最高境界的一种理解，用自己的作品做全新的阐释，才能达到别人无法达到的境地。

江山无尽，对于可染先生五年的研究、展览和出版虽然告一段落，但我们对于他的研究与学习将永远继续下去，他的艺术也会带给我们无穷的思考与启迪。

2014年11月于潜心斋

所要者魂

李小可

     "可贵者胆，所要者魂"是20世纪50年代，面对有着千年传统的中国画的生存与发展遭到重大质疑时，父亲所做出的回答。这句从长期探索中凝练的肺腑之言，也是父亲终其一生艺术探索的精神内核。所谓"魂"者，既源自艺术家对生命中酸甜苦辣、悲欢离合的心灵感悟与独特审美体验，又根植于对与人命运相依的民族传统文化及人类文明遗产的感动与敬畏，从而在心灵深处所产生的热爱与真情，这成为父亲一生所追寻与坚持的"魂"。

     父亲的一生经历了中国社会的剧变和转型，其漫长的艺术生涯与20世纪中国画发展命运息息相关。在艺术生涯的不同历史阶段，父亲一直有着自己的思考与抉择。13岁时，父亲在家乡徐州快哉亭拜钱食芝为师，怀抱着对传统文化的憧憬，始入东方水墨艺术大门；22岁考入杭州美专研究生部，师从林风眠和法籍教授克罗多学习油画。当时中国社会正处于最激烈的东西方文化冲突之中，校长林风眠为学子们营造了一个以东方文化为本、东西方文化融合与撞击的大文化环境。初始父亲素描根底很差，落后于同学，他便在画架上写了个"王"字，言外之意是"一人亡命，千夫难当"，他以亡命精神，勤学苦练，最终期末总评时素描成绩为全院第一。杭州美专的岁月，无疑对父亲的艺术创作和个人风格的形成产生了重要的影响。在这里，父亲他们学到的不仅是西画的技法与艺术规律，而且还接触到了来自西方的各种文化思潮和法国印象派、后期印象派、俄罗斯巡回画派、德国表现主义等多元的世界文化艺术。这一切打开了学子们的艺术视野，不仅为他们提供了更广阔思考与自由抉择的空间，更重要的是帮助他们确立了艺术是人生艺术的观念，与人性、情感、生活及时代相连，是个性化的表达。父亲在如饥似渴学习油画的同时，还分秒必争地系统研习中国历代绘画。学校美术馆是父亲刻苦学习的最好场所，他经常请外出吃午饭的图书管理员将自己反锁在图书馆里。多年之后，这段宝贵的自修经历还宛如在他大脑中储备的一部字典，随时可以查阅。1943年，在重庆执教于国立艺专的父亲提出"用最大的功力打进去，用最大的勇气打出来"，作为他研究中国画的座右铭。当时正是抗日战争期间，中华民族受到外来侵略之辱，面临亡国之危，父亲和一大批有志文化人士，一方面投入抗战宣传，一方面饱含着深切的民族情感进行文化寻根，把弘扬东方文化艺术，作为自己神圣的使命。父亲提出对于传统要"用最大的功力打进去"，不是仅仅研习传统绘画的某种表现技法，而是立足于东西方文化比较的层面上，深究中国画本体文化及艺术表现的特征。父亲当时画了一大批写意人物、山水与牛的中国画，如《松下观瀑图》、《钟馗》等。这些作品既有传统笔墨写意酣畅的气息，又蕴含着父亲丰富、深刻的思想内涵，他以鲜明的时代精神和艺术个性表达了对当时中国传统绘画的嬗变的理解。与此同时，父亲对中国古典诗词及传统戏曲文化的独特表现特征也做了深入的研究，这些东方艺术的精髓对父亲笔墨语言的开拓化、纯化起到了很大的作用，成为父亲绘画创作中丰厚的精神给养。

     新中国成立之初，受当时"虚无主义思潮"的影响，中国画被认为陈腐透顶，审美趣味落后，一无可取，中央美术学院也不再设中国画专业，父亲只能改教水彩，而李苦禅则去看了大门。从社会到学校，中国画都面临着被取消的危机。父亲在感受到时代的变迁对艺术产生了巨大影响的同时，还敏锐地意识到只有解决好传承与创新关系才能拯救中国画，中国画的厄运同时也是中国画翻身的历史机遇。父亲与一批尊重传统文化的艺术家们开始探寻如何让中国画适应社会变革，并走出一条持续性发展的道路。父亲提出写生是改造中国画的首要门径，即"挖掘已经堵塞了六七百年的创作源泉"，重新走入大自然，探求如何将生活、时代与艺术家个性联结起来。1954年，他与中央美术学院中国画系另外两位教授张仃、罗铭结伴赴江南作水墨画写生，随后在北海公园山顶小小的悦心殿举行了"李可染、张仃、罗铭三人山水画写生展览"。80年代初期，吴冠中先生在回忆此次展览时认为："这个规模不大的画展却是中国山水画发展中的里程牌。到大自然中进行写生和创作给当时正处在发展困境中的中国画带来了新鲜的空气，产生了深远的影响。"这次写生，是一种实验状态下的冒险，却从此改变了中国画写生的本质，不再是传统程式化语言的简单套用，而是在写生中创作，注入艺术家对具有万变生机的大自然、生活、时代的深度感受和对新的审美境界的不断再发现与探寻，这个再发现过程不只是对生活的再发现，同时也是对传统程式化笔墨语言表现的可能性的再发现。父亲常讲"写生时要像从其他星球来的人一样"，要以极度敏感的态度去感受和观察客观世界，"观其精神实质"；要如同采矿对艺术之源进行采集；"不与相机争功"、"寄情"、"对景创作"、"采一炼十"。作为中国传统画家将画室搬到大自然中的最早最大胆的尝试者，父亲这些在山水写生实践中的理论认识，为探索中国山水画的发展积蓄了条件。父亲1954年的写生作品《家家都在画屏中》，以崭新的视觉形象描写了富春江畔诗情画意的村舍，可以说是当时景象的绝唱；而1956年的《无锡梅园》、《苏州拙政园》则又运用完全不同的审美语言和视角，表现出了完全不同的意境。吴冠中先生认为父亲的《无锡梅园》是"黑线与色点密锣紧鼓的交响 是梅园的浓缩与扩展"。1957年，父亲和关良同访德国期间，创作了大量的写生作品，并举办了联合画展。当德国画家看到中国画家以传统笔墨语言描绘异域自然景观和人文景观，惊异于对象美的重新发现，一位画家的太太幽默地对先生说："你可以改行，回家去卖面包了。"而父亲则深切地感受到，"接受传统，必须把中国传统放在第一位，外来传统放在第二位。民族传统是继承问题，外来的文化只能作为营养来吸收，目的还是为了丰富、发展我们自己的传统"。

20世纪80年代，父亲提出"要精读传统与自然这两本书"、"离开大自然和传统是不可能有任何创造的"、"传统和大自然是永远读不完的两本书"。这已成为父亲探索中国画发展的基础和条件。如果把20世纪50年代父亲的万里写生之途，比作是他探索中国画的变革而进行的必不可少的积累、储备的采矿过程，那么自60年代起，父亲开始了具有艺术战略性的"采一炼十"。这是一个艰辛的过程，在这段岁月里，父亲走的是一条寂寞之道。他将前半生积累在心的山川乡国情都迸发了出来，紧紧抓住山水中的意境，反复锤炼，更多地把传统笔墨精神与个人对生活独特的感受与审美选择联结起来，更偏重于笔墨意蕴的表达、布局的高度凝练，追求精粹的极致；笔墨语言不再是线与线性结构，而是墨与墨象结构，充分地表达了事物的精神气质和自己的思想感情，因而达到了艺术上感人的化境，建构出一个全新的既有传统程式化语言，又极具个人化笔墨结构的表现形式，即"李家山水"的结构表现样式。父亲曾说过 "我没有一笔传统公式，但我有传统"这句自评，代表了他对传统笔墨形式的继承与创新的理解。他认为创作要建立在深刻感受的基础上，不仅要有强烈的情感投入，而且还要有表现自己亲身感受的强烈欲望，这才叫作艺术创作上的"情感交融"，才能够达到因心造境，以手运心的自由境界。这一时期的作品，父亲1988年创作的《山静瀑声喧》，冥冥的一片墨色发出浓郁深邃的声音，股股山泉凝白如炼，流到断崖跌落成瀑，更显雨后树润山幽。叶浅予先生看后不禁对父亲感叹道："此生有一幅这样的画，你可足矣。"

由于特殊的与国家共命运的成长经历，父亲的一生都将自己的艺术实践自觉地与民族、时代相连，他的开放态度和有胆识的胸怀，以及对血肉相依的民族的浓情，造就了他强烈的个人风格。"85思潮"之后，面对艺术界弥漫着对自己传统文化的不自信与否定，质疑中国画的生存与发展的声音又纷纷四起，父亲特意请人刻了一枚图章"东方既白"，意思是"我看到了东方文艺复兴的曙光"，既表达了对传统文化的深切情感，也表达了对东方文化寄予的期许。晚年的父亲自称是"渔人之子"、"李白后人"、"中华庶民"、"齐璜之徒"，在他看来，艺术家肩负着民族文化传承的责任，中国画的发展，是需要有胆识的艺术家去探索，而胆识不仅仅是敢于突破，更表现在敢于坚持和担当。这必定是条艰辛、寂寞、充满挑战的路，而父亲正是走在这条路上的行者。

划时代的丰碑

——李可染的山水画

薛永年

20世纪以来的历史巨变，为中国山水画的复兴带来了新机运。对西学的取舍与融会，对传统的开掘与整合，导致了山水画的非线形发展，形成了在艺术形态方面借古开今为主或引西入中为主的两种取向。两种取向的山水画家共同面临的时代课题是：扭转山水画脱离生活的高蹈远引，改变公式化概念化套路的因袭模仿。而改造公式化走向生活自然的重要途径，便是拾回师造化的传统，特别是对景写生，进而在写生的基础上复兴中国山水画的家国情怀与天人合一的精神境界。

李可染恰是这一巨变时代复兴山水画最有影响力的代表人物之一。他处在新旧交替的时代，在学习上有过师徒传授的经历，也有在美术院校接受美术教育的经验。他画过素描、油画、水彩、刻过木刻，在抗战中也有宣传画、壁画之作，但大半生致力于中国画尤其是山水画的变革与创新。在艺术道路上，他一向被视为融合中西的画家，但实际情况是，他通过引西入中与融合中西，激活并发展丰富了山水画的民族传统，树起了山水画划时代发展的一座丰碑。

他在写于1986年的《我的话》中说："我十三岁拜师学中国画，其间也学过几年油画和素描，但一生主要是和中国画的笔墨打交道，算来已有六十多个春秋。'用最大的功力打进去，用最大的勇气打出来'是我早年有心变革中国画的座右铭，四十岁拜齐白石、黄宾虹为师，老师和先贤的指引，使我略略窥见中国绘画的堂奥。"①惟其如此，在解决山水画的时代课题中，李可染显现了高度智慧，发挥了独特创造，积累了宝贵经验。

他把齐白石的胆敢独造、黄宾虹的深厚墨法和林风眠扩大传统山水画视觉观念的精神，融会贯通，以旅行写生为突破点，出入传统，融合西法，吸收新机，用生气奕奕，经过大胆高度艺术加工的动人意境，取代了公式化概念化的老套，把明清正统派不食人间烟火的山水画，拉回了充满光和爱的人间，刷新了山水画面貌，也丰富了山水画内涵。晚年他更以革新中的回归发展了传统，在"为祖国河山立传"中探索中国画的最高境界，发扬优良传统，弘扬民族精神，呼唤着当代中国画自立于世界民族之林的"东方既白"。②北京画院收藏的李氏作品，提供了了解李可染山水画的系统材料。

李可染一生的山水画历程，前后跨越了70年，按其艺术发展的脉络和特点，大体可以分为三个时期。第一个时期，始于少年时代至1953年，是打基础的时期，更是"打进"传统的时期。这一时期的大背景是：西学的引进，艺术院校的兴起，传统受到挑战，但也在探索变革。李可染13岁从乡贤钱食芝学画，开始接触王石谷传统。青年时代入上海美专和杭州国立艺术院学习，接受西洋画的训练，认真学习了油画和素描、写生和创作，得到林风眠的赏识。1931年以后，李可染投入抗日救亡运动，后担任重庆国立艺专中国画讲师，开始发奋研究中国画传统，给自己确定了"用最大的功力打进去，用最大勇气打出来"的目标。

彼时，他的中国人物画已经颇受好评，而山水画尚在"打进去"的积极探索中。李可染1943年创作的《松下观瀑图》，笔致潇洒，带有脱胎于清初个性派画家石涛的痕迹，他在1979年题曰："余研习国画之初，曾作二语自励，一曰：用最大功力打进去；二曰：用最大勇气打出来。此图为我三十余岁时在蜀中所作，忽忽将四十年矣。当时潜心传统，虽用笔恣肆，但处处未落前人窠臼，所谓企图用最大功力打进去者。"同年的《仿八大山人图》，则留下了他研究清初另一位个性派大家八大山人的印迹，反映了他"打进去"的传统，已由少年时代接触过的"正统派"变为更富于独创精神的个性派。

抗战胜利后的1946年，李可染应徐悲鸿之聘到国立北平艺专任教。次年，拜齐白石、黄宾虹为师，把研究古代传统和学习当代大师树立的新传统结合起来。李可染对齐、黄二师的学习是多方面的，除去意境、笔墨与中国艺术精神的奥义之外，还有对明清个性派传统与晚清金石派传统的发扬。③如果说从1945年的《放鹤亭》可以看出他对白石画风的私淑，那么1946年的《山亭清话图》中画法的恣纵和题字的碑味，更能说明他同时已成为金石派的后继者。

在"打进"传统的过程中，李可染重点选择了古今十家作为学习研究的对象，并以"十师斋"为室名。十师中除去直接师承的齐、黄二师之外，他表示："范宽、李唐、王蒙、黄子久、二石（薛按：此处指石涛、石溪）、八大，还有龚贤。中国古代画家，千千万万，我重点学习这八位画家。"④对于这八位画家也不是什么都学，而是学其精华，根据李可染在访谈中的解释，对上述各家的学习，有气势，有意境，有笔墨，有不受成法束缚的清新自然，也有空间意象的深厚。

第二个时期始于1954年的旅行写生终于他1971年从干校调回北京。这一时期中，李可染用最大的勇气从传统中打出来，并且形成了焕然一新的自家风貌。大的时代背景是，新中国对旧文化的改造已经启动，旨在变革传统山水画的文化观念，强化社会的人对自然的主宰，突出革命历史与建设现实在自然环境中留下的印迹，推动以科学方法对中国画进行改造。李可染走在改革前列，远在1950年就发表了《谈中国画的改造》一文，主张抛弃"八股画"，"挖掘已经堵塞了六七百年的创作源泉"，以"深入生活"作为改造中国画的一个基本条件。⑤

其后，他迈开了疏通山水画创作源泉的关键一步，不仅开展了京城的园林写生，而且开始了长途跋涉的旅行写生。1954年他和张仃、罗铭三人的"江南水墨山水写生"，面向自然、对景落笔，把写实观念和生活气息引入山水画实践，开启了山水画写生的新时代。此后的十年中，李可染多次外出写生，先后历经江苏、浙江、安徽、江西、湖北、四川、广东、广西和陕西诸省（自治区），每次少则两个月，多则半年以上。最久的一次八个月，行程两万多里，得画两百余幅。其间，他还与关良应邀访问德意志民主共和国，进行风景写生，留下了很有中国味的精彩画幅。

李可染外出写生画山水，都以"可贵者胆，所要者魂"为座右铭。前者的意思是，在继承传统中，要敢于突破，敢于创造。后者的意思是，不能被动地描山画水，而是要创造情景交融的动人意境。实际上，他的写生总是有意识地避开传统的山石皴法和树木点法等笔墨程式，而是根据对象的空间形质特征和表现现场真实感的要求，在融合中西中，斟酌损益，把西画写实素描的造型技巧、焦点透视的空间，光影之美特别是逆光之美，与从传统程式中解构出来的笔墨元素相结合，不拘一格地创新画法。

如果说1956年的《苏州虎丘》和《鲁迅故居百草园图》把素描引入中国画，使焦点透视的空间和立体造型的体感与微妙丰富的笔墨调子统一起来。那么1956年的《横塘》、《灵隐茶座》、《嘉陵江边村舍》，1957年的《歌德写作小屋》和1962年的《黄海烟霞》，则把光影的表现引入水墨山水画中，其中的《横塘》、《黄海烟霞》凸显了山光的明丽与水光的激滟，而《灵隐茶座》、《嘉陵江边村舍》和《歌德写作小屋》，则以层层积墨表现了厚密的空间层次与逆光的明媚。

李可染的写生，抛弃了传统山水画"三叠两段"的空间图式，以石涛所谓的"截断法"和"自然分疆法"⑥，把传统的提示性平面空间与焦点透视的递进空间巧妙结合。1959年的《桂林小东江》

是 "折高折远" 与焦点透视的结合，1962年的《鲁迅故乡绍兴城》则是"以大观小"的近乎俯视的观物取象方式与平视的焦点透视的结合，但把中西因素分别处理在近中景和远景部分，视觉上主次衔接自然，又因主要部分的平面化而增加了视觉张力。

这些写生作品有的属于疏体，以线为主，空间简明，水墨酣畅。有的属于密体，点线面结合，层层积染，空间层次较多，逆光效果明显。他的对景写生，本来就注意创造意境，发展为对景创作后，创造意境的意识更加自觉。他创作的山水画意境具有四大特点。一是不仅仅从题材出发，而是从寻常的景色中发现美。二是取景力避理想化的宽泛，而是构筑具有现场感的实境，亲切如在目前，林间如可步入。三是一图一境，不是一般地表现可游可居的审美理想，而是与四时朝暮阴晴雨雾中对景色的具体感受结合起来。四是为构造独特的意境进行高度的艺术加工，包括取舍、剪裁、挪移、集萃、他称之为"意匠"。

从意境创造而言，1956年所作的《颐和园后湖游艇》、《嘉陵江边村舍》、《夕照中的重庆山城》、《画山侧影》，1961年的《人在万点梅花中》，1962年的《漓江春雨》，1963年所作的《谐趣园图》、《榕湖夕照》，1964年的《清凉世界》、《万山红遍》和1965年的《青山密林图》等大量作品，都实现了颇富视觉感染力的实景与表达鲜明感受之真情的结合。而且很有个人的审美特色，如论者所言"对物象的高耸宏大、深邃幽暖、明媚恍惚有一种类乎宗教情感""有意选择暮色中的苍茫景致和林色暗重的密林"，追求"墨韵与光影的有机结合"⑦。成为他五六十年代很有代表性的作品。

从意匠经营而论，他的作品无不经过惨淡经营。1956年的《夕照中的重庆山城》和1959年的《画山侧影》，充分运用对比，突出主体，或以高大的山城衬托近处停泊的小船，或以大山衬托山脚下的村舍。1956年的《无锡梅园》和《颐和园后湖游艇》，又把近距离透视中的眼前树木与其后远处的景色结合起来，表现了不乏传统意味的掩映透漏之美。至于1956年的《嘉定大佛》，大佛几乎占满整个画面，周围衬以暗色的山崖、触目的石级、树木、江水和小船，通过比衬，突出了大佛，造成了雄伟的气势。

第三个时期，始于1972年为宾馆作画止于1989年去世。这17年是李可染山水画艺术的高峰期。这一时期的大背景，是"文革"对传统的彻底否定，激起了人们承传优良传统的自觉；新时期的改革开放，打开了画家放眼世界的目光；"85思潮"对中国画穷途末路的论断，促使有责任感的画家思考中国山水画自立于世界民族之林的未来价值。李可染虽在"文革"中被迫停笔，但仍通过碑学书法苦练金石派书画家必备的基本功，同时研究承载精神内容更为丰厚又充满阳刚壮美之气的北宋山水。1973年，他受命为民族饭店和外交部创作的大幅山水《漓江》和《清漓胜境图》，标志了这一高峰期的开端。

如果说，在20世纪50年代，李可染的思考集中于文人画的负面作用，集中于中国画适应新时代的改造、集中于奠立发展中国新山水画的理论基础。那么，"文革"后期至"文革"结束以来，特别是1985之后，他的思考则集中在"打出来"的基础上，形成"为祖国河山立传"的理念，进行更富于概括力的创造。为完善中国山水画的新传统，他从中西文化关系的角度，对优秀传统进行深度反思，不再满足于来自写生的实境山水，而是更加重视造境，更加重视写意精神的发扬。然而这写意精神，不是古代文人的胸中逸气，更不是西方画家的表现主义，而是一种把家国情怀与宇宙精神统一起来的精神境界。

这一时期以造境为特点的山水画作品，有追忆中的名胜，如1977年的《清漓胜境图》、1984年的《漓江山水天下无》、1982年的《黄山烟云》、1984年的《井冈山主峰图》、1988年的《峡江帆影图》。有前人诗意图，如1982年的《树杪百重泉》，1984年的《春雨江南图》，1987年的《王维诗意》，1988年的《山静瀑声喧》、《密树自生烟》，1989年的《千岩竞秀万壑争流图》。也有"为祖国山河立传"的诗意巨作，如1982年的《无尽江山入画图》、1987年的《崇山茂林源远流长图》。这些作品最突出的共同特点是变写境为造境。

这种变写境为造境的作品，已经不再是对景写生和对景创作，而是白纸对青天的创造。比之那些写境的作品，更加概括提炼，更富文化积淀，更具迁想妙得，更为笔酣墨饱，不但注入了作者对祖国河山的崇敬热爱，而且借鉴了北宋山水大山堂堂的雄伟壮丽、钩沉了六朝画论澄怀观道的哲学意识，强化了用笔积点成线的金铁烟云，发挥了泼墨与积墨互动的淋漓含蓄，也在下述方面实现了更完美的结合：笔墨明度与素描调子、积墨层次与透视纵深，逆光明丽与笔墨程式，形成了李可染晚期的山水画的浑厚而苍茫、静穆而壮丽，幽深而灿烂，实体感与虚拟美并举。虽然画法仍是融合中西的，但突出了以中为主的笔墨气韵，更加凸显了中国精神。

这一时期的作品，大体有两种形态，一种是山河壮丽型。前述的《阳朔》、《阳朔胜景图》、《黄山烟云》、《无尽江山入画图》和《千岩竞秀万壑争流图》，都通过高度的艺术概括，突出了山体的沉雄，江水的浩森和天光的明亮，黑密肥腴却又岚光四射，具有山水画纪念碑的气势。另一种是密林烟树型，前述的《树杪百重泉》、《雨余树色润》、《山静瀑声喧》和《黄昏待月明》，则以林荫深处墨法积破的丰富层次，在迷离幽深的空间中，衬出逆光的树冠边缘，以及欢快奔流的白亮亮的溪水流泉，给人以宁静中的喧哗，幽暗中的明媚。

但普遍的特点，是整体感强烈，山川浑厚，空间幽深，墨韵苍茫，气格雄浑，布局饱满。观赏这些作品，不免有"仰观宇宙之大，俯察品类之盛"之感。这些作品已从具象写生的有限性进入到思逸神超的无限性，来源于生活自然而超越于生活自然，既饱含着作者的人格魅力与综合修养，更灌注了丰厚的人文精神。画的是大自然，观照的是历史人生。可以想见，在巍巍的高山上，在川流不息的长河中，在浓郁闪光的密林里，有着人世的沧桑和深沉的历史感，有"东方既白"的充满信心的展望。

经过半个多世纪的探索与实践，李可染以他睿思明智的识见和艰苦卓绝的努力，为中国山水画变古为今的发展，树立了一座划时代的丰碑。他的艺术道路是高度重视艺术基本功的道路，是以艺术方式深入艺术源泉生活并把生活提升为艺术的道路，也是创造性继承传统并实现传统现代转化的道路，还是积极借鉴西方艺术在中西融会中扩大中国山水画表现力的道路。在他七十余年的艺术道路上，有一次刷新中国山水画面目的突破，靠的是从西方引进的写生，还有一次预见东方文艺复兴之曙光的超越，靠的是"以形媚道"传统与"为祖国河山立传"精神的结合。

李可染20世纪五六十年代的对景写生和对景创作的微观图真，深重地影响了新中国几十年来的山水画教学，成为学院山水画基础教学的范式。他七八十年代思接千载、视通万里的以艺造境的纪念碑式的创作，把讴歌祖国山河与宏观探道统一起来，直接影响了新时期山水画精神内涵的开拓、壮美风格的崛起和笔墨气韵的发挥。他的思想和艺术还将继续影响中国画在世界多元化格局中自立于世界民族之林的自信和自觉。如果要回顾他最主要的宝贵经验，那就是以艺术的方式深入生活，以创造性的转化发扬传统。如果寻找他对我们的重要启示，那就是以文化战略的眼光，为中国文化的复兴和世界分享中国的艺术创造，而自觉弘扬中国精神和中华美学传统。

2014年11月

注释：

① 李可染《我的话》，收入中国画研究院编《李可染论艺术》（增订本），人民美术出版社，2000年。

② 引自李可染《让世界了解东方——最后一课》，见中国画研究院编《李可染论艺术》（增订本），人民美术出版社，2000年。

③ 参见万青力《李可染评传》，台湾雄狮美术，1995年。

④ 引自孙美兰《所要者魂——李可染的艺术世界》，台北宏观文化事业股份有限公司，1993年。

⑤ 引自李可染《谈中国画的改造》，见中国画研究院编《李可染论艺术》（增订本），人民美术出版社，2000年。

⑥ ［清］石涛《苦瓜和尚画语录》"境界章""蹊径章"，引自俞剑华《中国画论类编》（上），中国古典艺术出版社，1957年。

⑦ 王鲁湘《中国山水画为何走入写生状态》，刊于《刘牧写生画册》，2001年，四川美术出版社。

江山無盡

目录

传统今朝

学习传统是很重要的。艺术家是自然规律的探索者。我国自古以来，那么多有才能的艺术家在那里辛勤地探讨了几千年，积累了丰富的经验。从绘画史来看，个人在历史上的作用是微小的，能够把历史向前推动一点就已经很了不起。因此，前人的经验必须认真学习，遗产必须继承。

高士对话

70 cm × 46 cm

1943年

题款：可染写。

我常说，人离开了大自然(包括社会)，离开了传统，就不可能创造任何东西。我希望大家认真读这两本书——大自然和传统这两本书。这是任何人永远也读不完的两本书。读大自然这本书，就是认真到生活中去探索。当然，传统这本书，也很重要。杜甫说："读书破万卷，下笔如有神。"他把他的"下笔如有神"放在"读书破万卷"这个前提上，放在传统上，当然，他还同时具有丰厚的生活基础。

松下观瀑图

79.5 cm×47 cm

1943年

题款：余研习国画之初，曾作二语自励，一曰：用最大功力打进去；二曰：用最大勇气打出来。此图为我三十余岁时在蜀中所作，忽忽将四十年矣。当时潜心传统，虽用笔恣肆，但处处未落前人窠臼，所谓企图用最大功力打进去者。五四（一九五四）年起，吾遍历祖国名山大川，历尽艰苦，画风大变，与此作迥异。古人所谓入网之鳞透脱为难，吾拟用最大勇气打出来，三十年未知能作透网鳞否？一九七九年于废纸中捡得斯图，不胜今夕（昔）之感，因志数语。可染。

钤印：李（朱文） 可染（朱文） 学不辍（朱文）

余研習國畫之初曾作二語自勵云用最大功力打進去
用最大勇氣打出來 此语多找三十余歲時左圖中所作想
忽將甲年矣當時閉心傳笔 墨用恶驿惺惺之未庶乎前人
實非所謂走圖用最大功力打進主者五四年来吾遍歷祖國名
山大川歷盡艱苦作畫有風景多又與作迴吳古人所謂入網之
遠脫為新吾抓用最大勇氣打出來三十年來知能作透圖破繭
若无七九年于廬低中拈得斯圖不腸感目湛 張可日畫室

25

　　古人在客观世界中长期观察、分析、研究，已经发现了很多规律，这都是留给后人的宝贵财富，我们必须珍视，认真继承。但客观事物发展是无限的，而人类文化只有四五千年，这和宇宙纪年相比，真是微乎其微。在历史的长河中，一万年后回顾现在，可能会认为我们还处于一个极其幼稚的愚昧时代。事物发展永无止境，脱离实际，凭空乱想，骄傲自满，故步自封，都是错误的。

仿八大山人图

76 cm × 42 cm

1943年

题款：八大山人，可染临。

钤印：李（朱文）　可染长寿（朱文）

　　戏曲演员练武功要练伸筋拔骨腰腿上的功夫，但练腰腿的基本动作往往与戏台上表演动作并不相同，可是这腰腿上的功夫却是使一切复杂武打舞蹈动作稳准、有力、灵活、敏捷的基本关键。一个没有在腰腿基本功上真正下过苦功的演员，他的武打舞蹈动作就一定不能达到高水平。中国画家把书法练习作为锻炼笔法的基本功。字和画在表面上看来并不相同，但用笔的肯定有力，刚、柔、虚、实、使、转、运、行等基本规律却是一样的。画家掌握了这些，就大大有助于创作的表现力。

蜀中

52 cm × 50.5 cm

1943年

题款：蜀中
　　　可染。

钤印：李（朱文）　可染（朱文）　在精微（朱文）

梅花书屋图

74.1 cm×48.7 cm

1944年

题款：梅花书屋图
　　　此图作于重庆磐溪，距今已四十年。一九八四年甲子春三月题
　　　字，可染记。

钤印：可染（朱文）　李（朱文）　可贵者胆（白文）

把酒话桑麻

88.5 cm×48 cm

1944年

题款：故人具鸡黍，邀我至田家。绿树村边合，青山郭外斜。开轩面
　　　场圃，把酒话桑麻。待到重阳日，还来就菊花。甲申之夏可染
　　　于蜀中。

钤印：三企（朱文）　可染（朱文）　涵庐清玩（朱文）

故人具雞黍邀我至田家
綠樹邨邊合青山郭外斜
開軒面場圃把酒話桑麻
待到重陽日還來就菊花
甲申之夏可可寫於蜀中

中国画突出的一点，是在笔墨的使用上。黑色在自然界只占很小一部分，但中国画却把黑色强调为主色。笔墨用得好，单一的黑色能有丰富的色感，甚至使人感到神奇。

放鹤亭

58 cm × 34.5 cm

1945年

题款：放鹤亭

可染。

钤印：李（朱文） 有君堂（白文）

　　笔法是传统的一个重要方面，是表现方法的一个共性，是中国长期表现客观事物中得出的一个共同规律。中国人画线画得太久了，对线的要求极高。从中找出了许多规律，例如"无起止之迹"就是一条规律，这完全是由客观规律中得来的，因为客观事物是浑然一体的，另一方面也与含蓄有关，例如石涛画的水，线条两端是模糊的，能给人以无尽之意，中国画就是以有限的笔墨表现无尽的内容。

山亭清话图

68.5 cm × 47 cm

1946年

题款：山亭清话图

　　　　丙戌夏日，可染于蜀中。

钤印：可染（朱文）　陈言务去（白文）

山亭清居圖

丙戌夏日不也齋于蜀中

秋山密林图

尺寸不详

1946年

题款：千峰突兀插空立，万木萧疏拥洞阴。日暮草堂犹未掩，从知尘土
远山林。丙戌长夏午睡初足，纵笔写秋山密林图，不觉却落大痴
窠臼，入网之鳞，透脱为难也。可染并记。

钤印：李可染（白文）

暮归

67 cm × 36 cm

无年款

题款：可染。

钤印：可染（白文）　有君堂（白文）

三峡风雨

67 cm × 35.5 cm

无年款

题款：狂风骤雨逼萧晨，万里烟波失远津。稳坐西窗凭几望，几多浪里
　　　着忙人。前出三峡外见此景象，作此并题前人句。可染。

钤印：可染（朱文）李（白文）

吟诗满菱荷

98.5 cm × 34 cm

1948年

题款：山僮涤砚弄清波，正我吟诗满菱荷。却笑炎尘飞不到，水闸
　　　（澜）面面柳风多。戊子之春可染写于故都。

钤印：可染（朱文）　墨戏（朱文）

春山半是云

69.5 cm×41 cm

1948年

题款：野水多于地，春山半是云。戊子可染写。

钤印：可染（朱文）

村渡

69.5 cm × 41 cm

无年款

题款：可染。

钤印：李（白文）

　　　莫明其妙（朱文）

采一炼十

江山無盡

李可染的世界·山水篇

"山水"二字的含义是什么？江山，就是指祖国或国土。岳飞题字，"还我河山"，就是要保卫国土，收复国土。我们作山水画，也就是为祖国河山树碑立传。

山水画的首先一层含义，是它的爱国主义之所在。

山水画还有另一层含义，是由人类本性因素所决定。人类是由大自然产生的，自然之子，必定最后还要回到大自然中去。热爱大自然，是人类的本性，故而，人们时刻怀念、追求、希望回归大自然。

雨后渔村

69 cm × 45.5 cm

1960年

题款：雨后渔村
　　　可染。

钤印：李（朱文）　可染（白文）　延寿（朱文）

渔村春晓

69 cm × 45.7 cm

1960年

题款：渔村春晓

昔年游太湖，见此景，归后五年病中回忆作此遣兴。一九六○岁尾
可染于有君堂中。

钤印：李（朱文） 可染（白文） 所要者魂（白文）

柳溪渔艇图

68.8 cm × 42.2 cm

1960年

题款：柳溪渔艇图

　　　庚子岁末，可染画于有君堂中。

钤印：可染（朱文）　老李（朱文）　可贵者胆（朱文）

春雨江南

尺寸不详

无年款

题款：春雨江南

　　　　可染画。

钤印：李（朱文）解放以后（白文）

春雨江南

尺寸不详
无年款
题款：春雨江南
　　　可染。
钤印：李可染（白文）　老李（朱文）

江南水乡

尺寸不详

无年款

题款：江南水乡

　　　　可染。

钤印：可染（朱文）　李下不整冠（图形印）

收藏印：特谢希卡（朱文）

人在万点梅花中

57.5 cm × 45.5 cm

1961年

题款：人在万点梅花中

　　　　此图吾以无锡梅园之梅植之苏州拙政园中。一九六一年，可染作

　　　　于秦皇岛上。

钤印：李（朱文）　可染（朱文）

山水

尺寸不详
无年款
题款：可染。
钤印：可染（朱文）

清漓渔歌

尺寸不详
无年款
题款：清漓渔歌
　　一九五九年春在桂林叠彩山上得此景，今以意写之。可染。
钤印：老李（朱文）　河山如画（白文）　可染（朱文）

水上渔家

55.8 cm × 45.5 cm

1961年

题款：可染。

钤印：可染（白文） 日新（朱文）

杏花春雨江南

69.3 cm × 45.7 cm

1961年

题款：杏花春雨江南，此绝妙词，不知出自何代高手。吾童年至今每每
　　　为之神驰不已，故吾亦屡屡写之意，想往营思以不寻前人也。
　　　一九六一年八月十日。可染画于北海之滨。

钤印：李（朱文） 可染（朱文） 废画三千（朱文）

55

雨后夕阳

尺寸不详
无年款
题款：雨后夕阳
　　　可染试纸作此。
钤印：李（朱文）　可染（朱文）

雨后夕阳图

64.1 cm×44.5 cm

无年款

题款：雨后夕阳图

可染画。

钤印：可染（白文） 放在精微（朱文）

　　中国画在世界美术中的特色是以线描和墨色为表现基础的，因此笔墨的研究成为中国画的一个重要问题。我国历代著名的画家没有一个不是在笔墨上下了很大功夫的。中国画家把书法看作绘画线描的基本功，几千年来在这方面积累了极为宝贵的经验，以至达到出神入化的境界。

漫写漓江烟雨图

69 cm × 46 cm

1962年

题款：漫写漓江烟雨图

　　　　一九六二年夏，可染。

钤印：可染（白文）　传统今朝（白文）

黄山可以画好，心不可懈。

松后山根宜左尖右虚，不可中虚。左山中下宜整，左山中下中分重叠。右两山中宜稍向上充实。加墨缓缓，因势叠加，不可急躁。

细画、丰富、含蓄、无尽、大气磅礴。云要现在无云处（岚气）。层次深厚，满纸云烟。

山顶小树，含烟带雨，云气画在无云处。云根有痕与无痕。画石主在分面，繁繁反而单纯，山上有云，生动，有树增生气。中尖山，左线修略正。上山小峰修整，加高右靠。左山黑处改。

初步拟定浅赭重青，少处含绿。

右上白云改，不使两处相同。白云注意体积。色彩画满后再斟酌大调子安排。整体感——减花、减散。必要时可加墨，反面加赭，赭色要有呼应处。

调子太冷，绿色未佳，似淡淡加赭加青。最后以墨调整。左中云修整。

黄海烟霞

68 cm × 46 cm

1962年

题款：黄海烟霞

可染以意为之，时一九六二年秋。

钤印：可染（朱文）　延寿（朱文）　河山如画（白文）

　　创新，就是在生活中发现了古人没有发现的东西，通过艺术表现出来。前人的创造很多很多，相对于我们个人来说是很伟大的，但与大自然比较起来又是很渺小的。所以，觉得古人什么东西都好到顶点了，是不对的。保守是错误的。

鲁迅故乡绍兴城

62 cm × 44.5 cm

1962年

题款：鲁迅故乡绍兴城

　　　吾于一九五六年来此写生，登城中小山北望，一片墨瓦白墙，河流纵横，实江南水乡典型。可染并记。

钤印：李可染（朱文）

鲁迅故乡 绍兴城 多年无区六年来此写生登城郊小山眺望 一片墨瓦白墙 河底纵横宽 江角欢乡型王 司客许记

我们常认为中国画脱离生活。元代以来的绘画有复古主义弊病，成法很多，沿用不绝，确实有脱离生活的倾向。但从艺术上的特点来讲，中国画是"白纸对青天"，层出不穷，这又很容易引起人误解为脱离生活。其实，中国画的优秀传统和真正实质，是要对生活有深入、全面的认识，有高度的理解，才能画出来。

多少楼台烟雨中

69 cm × 47 cm

1962年

题款：多少楼台烟雨中

一九六二年大暑作于渤海之滨。

钤印：李（朱文）　可染（白文）　所要者魂（白文）

　　一幅画，最精粹之处叫作"画眼"。"画眼"一定要特别抓紧，避免平均对待，面面俱到。竭力描写自己最感兴趣的，最主要的东西。京剧表演艺术家三字诀：稳、准、狠。狠，就是要敢于强调最主要的东西。创造艺术形象要像写情书那样充满感情。艺术就怕搔不到痒处。

阳朔木山村渡头

70 cm × 46.5 cm
1962年
题款：阳朔木山村渡头
　　　一九六二年，可染作于北戴河。
钤印：可染（朱文）　废画三千（朱文）

陽朔木山村渡頭
壬戌正月浪白寫
作於北載河

67

有些青年人不肯在基础工作上下苦功夫，好高骛远，作画信笔涂抹，以奇怪为创新，这是不对的。

创新，是在传统的基础上，深入观察研究客观世界，从而得到新的启发，以至发现前人没有发现的规律，因而创造出与前人不尽相同的艺术风格、表现方法，这绝不是随随便便、探囊取物可以幸得的。人离开客观世界和前人的成果是不会创造出任何东西来的。

雨过瀑声喧

68.5 cm × 48 cm

1962年

题款：山深林色暗，雨过瀑声喧。可染作于从化。

钤印：可染（白文）　河山如画（白文）

山深货道暗 雨过瀑声喧 丁卯古作于怀化

清漓烟雨图

69.3 cm × 46 cm

1962年

题款：清漓烟雨图

　　一九六二年春可染作于南粤从化温泉翠溪宾舍。

钤印：李（朱文）　可染（朱文）　河山如画（白文）

天下秀图

69 cm × 46.5 cm

1962年

题款：天下秀图

　　兹写峨眉山伏虎寺万善桥一景。一九六二年可染作于从化温泉翠

　　溪宾馆。

钤印：可染（白文）　河山如画（白文）

大胆剪裁，有时剪裁到"零"。中国画、中国戏曲都讲究空白，"计白当黑"，这不是表现力的削弱，而是画出最精华之处，使画面主要部分更为突出。写恋爱故事，就不一定非把隔壁卖豆腐的王二也写上去；画虾，可以一笔水都不画，能表现出水的感觉就行。白居易《琵琶行》中有一句诗："此时无声胜有声。"空白、含蓄，是中国艺术中一门很大的学问。

"要"与"舍"是矛盾统一的，要好的，就必须把不好的舍掉，舍不得坏的，也得不到好的。客观事物永远都只是艺术的资料、素材。剪裁法就是要善于解决"取"与"舍"的矛盾。

清漓帆影

68.7 cm × 46 cm

1962年

题款：世称漓江山水甲天下，解放后吾曾数次往游，饱览饫看，深感祖
国山川之美。此其片羽，他日望得尽图之。一九六二年可染并
记。

钤印：可染（白文） 李（朱文） 寄情（朱文）

桂林漓江山水甲天下解放後吾曾數次往遊飽覽飲看漓灕祖國山川之美共其片羽僅得盡圖之一九三一可染並記

73

谐趣园的建筑很美。

谐趣园是仿江苏无锡寄畅园建造的，很有特点。一进谐趣园大门，右边的亭子，建筑结构谨严，造型美而稳重。亭子上面的装饰，大了不行，小了也不行，比例很适当，恰到好处。这是东方对园林建筑的要求，也是对其他造型艺术的要求。

谐趣园图

62.5 cm × 45.5 cm

1963年

题款：谐趣园图

闻说当年匠师以江南惠山寄畅园为蓝本，在颐和园内造谐趣园。因使园中有园，湖外有湖，匠心别具，实为京中园庭最佳胜者。

一九六三年三月，时在岭南从化温泉养病，作此遣兴。可染。

钤印：可染（朱文） 所要者魂（白文）

谐趣园
闻说当年
匠师以江南惠
山寄畅园
为蓝本在颐
和园内造谐
趣园已使
园中有园
湖外有湖
匠心别具
变为东中园
庭景最佳胜
者无多亭二月
时在岭南温化温泉
养病作此遗兴 关山月

　　基本功是从十分繁复的艺术修炼的全过程中，抽出其
中有关正确反映客观真实的最根本、最困难、最带关键性
的规律部分，给以重点集中的锻炼。这是在艺术创作前基
本能力的大储备，也是一种严肃吃重的攻坚战。只有这些
最根本的规律被掌握攻破了，以后在创作上一些具体问题
也就比较容易解决了。

月牙山图

77 cm × 52.5 cm

1963年

题款：月牙山图

　　一九六二年夏五月，与黄润华同志偕李行简、张步吉等六同学来
桂林写生，此图在普陀山南望月牙山得稿，次年春四月作于岭南
从化温泉翠溪。可染并记。

钤印：可染（朱文）　日新（朱文）　废画三千（朱文）

美术是创造性的工作，真正搞好是不容易的。要有正确的艺术道路，把路子走正，还要下很大的苦功夫。"生而知之"、"不学而能"是没有的，只有学而知之。对学画的人来说，天分是有高低区别，但也只是学习上有快慢之分。绘画本身应该说是很难的，因为它不仅是门学问，同时还要有很高的技能。随随便便是搞不好的。

山亭夕阳

69.4 cm × 46.8 cm

1963年

题款：一九六三年，可染作于从化温泉。

钤印：可染（朱文）

　　在正确思想指导下，下定决心，不避艰苦，按照规律，踏踏实实练好基本功，看来似慢，总的说来，实是最快的。抱着急躁情绪或侥幸取巧的心理，不重视以至放松或放弃基本功的锻炼，是认识上的浅见，将来，艺术创造上必定要吃大亏。

烟雨桥亭

50 cm × 40.3 cm

1963年

题款：可染。

钤印：可染（朱文）　语不惊人（朱文）

正确的思想认识对艺术工作者来说，永远是个先决条件。它永远指导着艺术工作者的行动，所以任何时候都不应当忽视思想锻炼和对理论知识的追求。但是仅仅有了正确的思想认识，还不能说就已成了艺术家。艺术家还必须有足以表现他思想认识的技能，才能完成具体感人的作品。否则他脑子里想得再好，手上或身上表现不出来，这就如有了充足的电流，却遇上了绝缘体，就不会发生任何作用。

黄山烟霞

83 cm × 49 cm

1963年

题款：一九五四年，与罗铭同志同游黄山，居四十余日。时值气候多变，烟霞奇幻，应见祖国山河壮丽。

一九五三年大暑，可染并记。（六误五）

钤印：可染（朱文） 日新（朱文） 河山如画（白文）

　　我们在艺术修养的全过程中，为了获得正确反映客观真实的能力，为了把思想生活磨炼提高成为感人的作品，从最初的基本功一直到后来的创作，都不能放松实践上的功夫。历代艺人总是谆谆告诫后学，要"曲子不离口，丝弦不离手"，这不是无因的。可是我们回过头来看看自己，在这一点上实是很不够的。

榕湖夕照

69.5 cm × 46.5 cm

1963年

题款：桂林榕湖边上久坐，夕阳斜时得此景象。全以己意为之，以出古
　　　法为快。一九六三年秋九月，可染作于渤海之滨。
　　　榕湖在桂林城市中心，现为公园。湖水澄洁，树木荫浓，间有楼
　　　阁亭榭，境颇清幽，为劳动人民游息胜地。吾曾两次旅居湖滨，
　　　故喜为写照。一九六五年夏日，可染又记，时在北京。

钤印：可染（白文）　可染（白文）　在精微（朱文）

桂林榕湖邊上之生夕陽斜時得此景象雪以五黃多之以出若法為快一九三年竹九月可染作于勵海之濱

桂林榕湖
在桂林城市中為觀名公園湖水隆隆樹木產隆隆有有樓閣亭閣境致隹脏也多夢動人民服息胜地五至雨次赣居湖懷放遠多寫脏五三五年夏日可染多記於車北京

山水景物是舒展自然的。山的轮廓线是那么丰富，它的气势大得不得了。欲得其"大"，需尽其"变"。

山的画法不能太简单，山是浑厚复杂的，是多种对立因素的统一，有石头，有草，有树，有土坡。面对复杂的景观，我经常是开始用这种画法，第二遍又用另一种画法。两种画法，既有区别，又要统一，才会使画中的山石变化无穷。

黄山烟云

70 cm × 46.2 cm

1963年

题款：一九五四年吾游黄山，居四十余日，因得饱览烟云变幻之奇。此
图写其大意。一九六三年，可染于北戴河。

钤印：可染（朱文） 所要者魂（白文）

崇山茂林水色天光图

70 cm × 42.7 cm

1963年

题款：崇山茂林水色天光图
　　　一九六三年可染于从化。

钤印：可染（朱文）

广州韶关

70.5 cm × 48 cm

1963年

题款：一九六三年春往游丹霞，在广州韶关途得此一景，因漫写之，时
　　　在从化温泉翠溪，可染附记。
　　　顺民先生清属，可染。

钤印：可染（白文）　可染（朱文）　河山如画（白文）

　　一个画家应当是大自然规律和艺术形象规律的探索者。山，到底是什么结构。树，到底是怎样穿插的。云，到底是怎样浮动。千万不要觉得自己已经都认识了。对客观世界要抱着一个小学生的态度，要非常虚心才行。

苍岩白练图

69.8 cm×47.1 cm

1963年

题款：苍岩白练图

　　一九六三年秋九月，可染写岭南鼎湖飞瀑于北京有君堂中。

钤印：可染（白文）

绘画语言是以可视形象反映客观事物，造型能力不好等于没有绘画语言。造型能力，指对形象、轮廓、明暗、层次、透视等的描绘能力，即对客观事物的刻画要准确。提高一般的造型能力，是艺术发展的首要前提。

漓江胜景图

72.2 cm × 48.2 cm

1964年

题款：余三游漓江，觉江山虽胜，然构图不易。兹以传统以大观小法写之，人在漓江边上，终不能见此景也。一九六四年春，可染作并记。

钤印：李（朱文）　可染（朱文）　陈言务去（白文）

清凉世界

44 cm × 63.5 cm

1964年

题款：可染。

钤印：可染画（朱文）　语不

　　　惊人（朱文）

学习山水画，要做到三点：

第一是学习传统，广泛吸收中外艺术的长处，要有读遍天下名迹、名著的气概。

第二是到生活中去，到祖国的壮丽河山中去写生。

第三是集中生活资料，采一炼十，反复加工，进行创作。

三者有联系又有区别，循序渐进，相辅相成，是逐步深化的一个全过程。绝不可偏废，任意舍掉其中一环。如果投机取巧，学序混乱，终将一事无成。

青山密林图

70 cm × 46 cm

1965年

题款：此青山密林图，昔年蜀中得景，今更以水墨写之。可染并记。

钤印：可染（白文） 语不惊人（朱文）

青山密林圖昔年蜀中得景今更以水墨寫之可畫志

　　要成为大画家需要三个条件：

　　一、观察深刻；

　　二、收集资料丰富；

　　三、千锤百炼。

　　观察对象要寻找发现它的规律，艺术的高低就是看谁对自然规律发现得多。要非常虚心、非常认真地去认识自然规律性。闲来无事，可以静下心来，去认真地研究石头，画石头，要约束自己的手和对象结合。一次两次，一天两天，一年两年，画得久了，掌握规律多了，久而久之，即便在家中作画，也能同"天工"、契"造化"，让人想象不到，如像上帝一样进行创造。

青山密林

68.5 cm×46 cm

无年款

题款：可染。

钤印：李可染（朱文）　日新（朱文）　在精微（白文）

　　我认为学中国画、山水画，学点素描是可以的，或者说是必要的。素描是研究形象的科学，它概括了绘画语言的基本法则和规律，素描的唯一目的，就是准确地反映客观形象。形象描绘的准确性、体面、明暗、光线的科学道理，对中国画的发展只有好处，没有坏处。我们的一些前辈画家，特别是徐悲鸿把西方素描的科学方法引进中国，对中国绘画的发展起了很大促进作用，这是近代美术史上的一大功绩，我想这是任何人都不能否认的。

巫山云图

66.5 cm × 44 cm
1965年
题款：巫山云图
　　　可染。
钤印：可染（朱文）　陈言务去（白文）

巫山雲圖

中国的自然环境很好，山水是美的，值得歌颂。我们人民爱祖国、爱家乡、爱和平生活，这种感情自然就和爱山水联系起来了。全国名胜美景很多，几乎每个大小县份都有八景，桂林多至二十四景，连我的家乡徐州这样一个不以山水著称的城市，也有八景。人民爱山水园林，希望生活在美好的环境里，对山水自然之美，寄予一种理想和愿望。山水给人以最好的休息，孕育聪明智慧，所谓"钟灵毓秀"，它给人的精神以崇高的启示。因此，山水画在今天不是发展不发展的问题，而是如何发展。它要在传统的基础上，更加充分地表现人民新的生活面貌，新的思想感情。

万重山

69.7 cm×46.1 cm

题款：万重山
　　　可染画。

钤印：可染（朱文）　陈言务去（白文）

江城朝雾

尺寸不详

无年款

题款：可染。

钤印：可染（白文） 李（朱文）

江城朝市

68.5 cm × 45 cm

1965年

题款：江城朝市

可染重画昔年四川万县写生稿。

钤印：可染（白文）

江城朝市 五十年重画 昔年四川萬縣写生稿

生活是创作的源泉，生活是第一位的。写生，是画家
面向生活、积累直接经验、丰富生活感受、吸取创作源泉
的重要一环。写生，又是熟悉描写对象的关键。

寄畅园图

69 cm × 45.3 cm

1972年

题款：寄畅园图

园在无锡惠山脚下，为江南名园之一，闻说当年北京造谐趣园时
即以此园为蓝本。一九七二，可染。

钤印：可染（朱文）

寄畅园
园园
园在无锡
惠山脚下
为江南
名园之一间
说自系
北京造诣
趣园时
印象
写此临本
五三 丁丑（印章）

阳朔

69 cm × 95 cm

1972年

题款：阳朔
　　祖国有此好河山。一九七二年，
　　可染作于北京。

钤印：可染（朱文）

祖國有好山川
陽朔圖真好
一九七二山
可染
作于北京

　　创新，是在传统的基础上，深入观察研究客观世界，从而得到新的启发，以至发现前人没有发现的规律，因而创造出与前人不尽相同的艺术风格、表现方法，这绝不是随随便便、探囊取物可以幸得的。人离开客观世界和前人的成果是不会创造出任何东西来的。

山顶梯田

50.7 cm × 44 cm

1972年

题款：山顶梯田

　　　一九七二年夏五月，可染作。

钤印：可染（朱文）　老李（朱文）

山顶田畦
夏至启辰

111

　　艺术永远要求精粹，艺术形象不能是普普通通的。面
对着嘉陵江上自远而近、自近而远的行船，来来往往，络
绎不绝。用摄影机可以拍摄千百只，几百个不同的镜头，
其中最美的、可以入画的只有几个。

峡谷放筏图

69.5 cm × 45.5 cm

1973年

题款：峡谷放筏图
　　　　可染作。

钤印：可染（朱文）　在精微（朱文）　河山如画（白文）

山水画往往要表现几十里的空间，处理复杂的结构和深远层次，表现气氛，表现多种事物的关系，在这方面，我国历代山水画家经过长时间的探讨，积累了丰富的表现技法。这不仅是今后山水画发展的宝贵遗产，而且对各种样式的绘画来说，都有值得从中吸取的经验。现在人物画用皴擦法充实线描，使形象显得更加厚重，这就是从山水技法中吸取来的。

山顶梯田

50.5 cm × 38.5 cm

1974年

题款：山顶梯田

　　　可染。

钤印：可染（白文）　李（白文）

山顶抟田

水墨小品

37.8 cm × 34.3 cm

1974年

题款：可染。

钤印：可染（白文） 李下不整冠（图形印）

山村飞瀑

69.5 cm × 46.5 cm

1974年

题款：可染画。

钤印：可染（朱文） 在精微（白文）

河山立传

山河颂

96 cm × 146 cm

1959年

题款：红军不怕远征难，万水千山只等闲。五岭逶迤腾细浪，乌蒙磅礴
走泥丸。金沙水拍云崖暖，大渡桥横铁索寒。更喜岷山千里雪，
三军过后尽开颜。毛主席《长征》诗意。一九五九年春，可染试
画初稿。

钤印：李（朱文） 可染（白文） 毛主席诗意（白文）

红军不怕远征难　万水千山只等闲　五岭逶迤腾细浪　乌蒙磅礴走泥丸　金沙水拍云崖暖　大渡桥横铁索寒

121

题款：万山红遍，层林尽染。一九六二年秋可染作于从化翠溪宾舍。

钤印：可染（白文）

要追求新的东西是一定会失败的。失败越多，碰到的问题越多，办法也就越多。克服困难要有韧劲，所以必须用尽心力。古人讲"失败是成功之母"是很深刻的。怕失败是没有出息的。

万山红遍

70 cm × 46 cm

1962年

题款：万山红遍，层林尽染。一九六二年秋可染作于从化翠溪宾舍。

钤印：可染（白文）

萬山紅遍
層林盡染
五三手欄
可写作于
汪化翠
溪賓舍

123

天天做总结，总结什么？要总结自己的缺点。人的进
步有两条：一是发展自己的特长，一是改正自己的缺点。
这是一对矛盾，而改正缺点是矛盾的主要方面。因为长处
跑不了，缺点是拦路虎，是前进中的障碍。缺点是自己感
到最困难、最画不好的地方。如同走路，后脚不向前，你
只好永远停留在那个地方。如果你画不好树，就要花气力
专攻画树，树画好了，就前进了一步。一个善于学习的人
就是善于认识缺点、改正缺点的人。客观事物的发展是永
远不平衡的，落后点永远存在，事物总是在不断改正落后
点中逐步前进的。

万山红遍

69.5 cm × 45.5 cm

1963年

题款：万山红遍，层林尽染。一九六三年可染作于从化。

钤印：可染（白文）　寄情（朱文）

中国画不讲"风景"而讲"山水"，我们的观念——
"山水"就是祖国。

山水、河山、江山、山河，都是指祖国。

"江山如此多娇"，是歌颂我们的祖国。

"山水"就是画家对祖国的一种歌颂。

万山红遍

136 cm × 84 cm

1964年

题款：万山红遍，层林尽染。一九六四年秋九月写毛主席词意，可染。

钤印：可染（朱文）

万山红遍 层林尽染
梁无右四年一秋九月
写毛主席词意
可染

题款：万山红遍，层林尽染。一九六四（年），可染写毛主席词意于北
京西山八大处。

钤印：可染（白文） 神鬼愁（白文）

笔墨用到好处，能够有极丰富的色感，甚至使人感到神
奇。通过意匠加工来完成意境和神韵，使人看了感到祖国山
河壮丽，在美的享受中促进了热爱祖国的感情的升华。

万山红遍

79.5 cm × 49 cm

1964年

题款：万山红遍，层林尽染。一九六四（年），可染写毛主席词意于北
京西山八大处。

钤印：可染（白文） 神鬼愁（白文）

萬山紅遍層林
盡染無愚可臨寫

毛主席
詞意于
北京西

萬山紅遍

题款：万山红遍，层林尽染。一九六四年秋九月写毛主席词意于北京西
　　　山，可染。

钤印：可染（朱文）

　　山水画家为要表达自然界的万千气象，不能不分清主
次，注重整体感。我曾经画过一帧瀑布，瀑布是主体，是
第一位的；亭子是第二位的；树是第三位的；岩石、灌木
是第四位的等等。瀑布最亮，亭子次之，然后才是树、岩
石，明暗层次很清楚。为了突出主体，次亮部分都要压下
去，色阶不乱，层次分明，整体感强，达到主体明显突出
的艺术效果。

万山红遍

136 cm × 84 cm

1964年

题款：万山红遍，层林尽染。一九六四年秋九月写毛主席词意于北京西
　　　山，可染。

钤印：可染（朱文）

万山红遍层
林尽染
一九六四年秋九月
写毛主席词
意于北京西山
可染

没有意境，或意境不鲜明，绝对画不出好的山水画来。对着一片景致，不假思索，坐下就画，结果画的只是比例、透视、明暗、色彩，是用技法画画，不是用思想感情画画。这样，有可能画准，但是不可能画好。画出来是死的，没有灵魂。技法是非要不可的，但技法是表达思想感情的手段，不是目的。只有当画家充分掌握艺术规律，表现方法和技法完全听命于思想感情，能灵活运用，丝毫不觉得约束，"随心所欲不逾矩"，这才是艺术的最高境界。

万山红遍

136.7 cm × 84.5 cm

1964年

题款：看万山红遍，层林尽染。一九六四(年)建国十五周年大庆，可染写
主席词意于北京西山。

钤印：可染（朱文） 可贵者胆（白文）

　　水墨画运用色彩宜单纯，变化不宜太大。经过设计，突出一种色调作为画面基调。如尽量渲染夕阳余晖的红，渲染雨后翠微的绿，别的色彩都压低。画面需要浓的可以尽量浓，需要淡的可以尽量淡，总是以烘托意境、增强表现力为根据。

雄师渡江图

47.5 cm × 48.2 cm

1964年

题款：钟山风雨起苍黄，百万雄师过大江。虎踞龙盘今胜昔，天翻地覆慨而慷。宜将剩勇追穷寇，不可沽名学霸王。天若有情天亦老，人间正道是沧桑。一九六四年春敬写毛主席诗意，可染。

钤印：学不辍（朱文）　寄情（朱文）

韶山

103 cm × 175 cm

1971年

题款：韶山

　　革命圣地毛主席旧居。一九七一（年）可染敬写于北京。

钤印：可染（朱文）

画画严肃是非常重要的。"经意之极，若不经意"，好像是不经意，但是，凡画到之处，不得增减一笔。"若不经意"的"若"字旁边应加两个圈。看来似乎轻轻松松，不严肃，其实是举重若轻，正是最大的严肃。

艺术的传授是比较难的。没有一个诚恳、踏实、严肃的学习态度，是得不到真传的。

井冈山

142.5 cm × 94 cm

1976年

题款：井冈山

　　高岩叠翠。一九七六年，可染于北京。

钤印：李（朱文）　可染（朱文）　江山如此多娇（白文）　峰高无坦途
　　　（白文）

井冈山
高巖叠翠
一九七七年
可染于北京

一些大文学家，当他把人物写活了时，人物本身提出要求，这时往往改变原来的写作计划，离开提纲，根据人物的性格发展来写。例如托尔斯泰写《安娜·卡列尼娜》，女主角那个悲剧性结局就离开了预定的提纲，这结局是由人物性格、行动本身的发展逻辑决定的，因而也就更加真实感人。所以，艺术家对客观现实应是忠实的，但却不是愚忠，真正忠于生活的结果是主宰生活。

井冈山

129 cm × 81 cm

1976年

题款：井冈山

革命摇篮。一九七六年可染作。

钤印：李（朱文） 可染（白文）

革命摇篮井冈山

198 cm × 550 cm

1977年

题款：革命摇篮井冈山

　　　　毛主席亲自创建的第一个革命根据地。一九七七年七月，李可染

　　　　敬绘于北京。

钤印：李（朱文）　可染（白文）

革命摇篮井冈山

毛主席亲自创建的第一个革命根据地

一九七七年七月 李可染敬绘于北京

传统的东西，拿到生活中去，思想感情对不上口，怎么办？就得变革。鲁迅先生讲过，对旧的东西，必须有所删除，有所增益，其结果就是变革。

如果一个人学了传统而不到生活中去，就只能在前人的圈子里转，而不会有发展，就不可能反映出今天的时代生活，今天的思想感情。

长征

181 cm × 95 cm

1978年

题款：红军不怕远征难，万水千山只等闲。五岭逶迤腾细浪，乌蒙磅礴走泥丸。金沙水拍云崖暖，大渡河横铁索寒。更喜岷山千里雪，三军过后尽开颜。一九七八年十二月敬写毛主席诗意。可染于北京。

钤印：可染（白文）　换了人间（朱文）　毛主席诗意（白文）

长征

红军不怕远征难，万水千山只等闲。
五岭逶迤腾细浪，乌蒙磅礴走泥丸。
金沙水拍云崖暖，大渡桥横铁索寒。
更喜岷山千里雪，三军过后尽开颜。

毛主席诗意

一九七八年为画设计无产阶级展览 龙云于北京

145

江山无尽

不懂抽象的艺术家算不上大艺术家。艺术上有很多是抽象的东西。抽象的东西往往是最概括的东西，但它是从客观事物中来的，它不同于公式化。抽象又是通过相应的具体来表现。所以反对抽象是不对的。

自然主义反对任何抽象，而形式主义又抽象得太厉害了。

我说艺术是高度的抽象，但不等于主张抽象派。

雨中漓江

71 cm × 48 cm

1977年

题款：雨中泛舟漓江，山水空濛，恍如置身水晶宫中。一九七七年十
月，可染作于北京。

钤印：李（朱文）　可染（朱文）　河山如画（白文）

雨中泛舟漓江泛舟灘空漾漾佳如身置水晶宮中恬然十一九老叟月屋重屋華孚北束

画面一定要根据对象重新组织，画家完全有此权利，可是，有的画家却把自己变成客观对象的奴隶。我早年学画时有个同学作静物写生，画了半天，有一个苹果只能画半个，他考虑再三，不知如何是好，现在想想，实在可笑。把苹果移过来一点，或画进来一点不就完了？应该说，画画本不只限于视觉，不仅画其"所见"，还要画其"所知"，即画家一生经历的总和，以及间接"所见"——包括传统在内。更重要的是还必须画"所想"。由"所见"推移到"所知"、"所想"，即在个性中体现共性。石涛说"搜尽奇峰打草稿"，显然，画家表现对象不仅限于此时此地所见，而要经过多方面的观察、了解、想象、加工，经过重新组织，才产生构图。所以艺术比现实更美、更好、更富理想、更动人，这里有画家的意匠、手段在内。

桂林襟江阁

67 cm × 48 cm

1977年

题款：襟江阁在桂林月牙山半山崖壁上，左临小东江，面对花桥。登临远望七星岩一带，青翠群山，历历在目，为漓江观景胜处。吾曾多次前往写生，并画其大意。一九七七年，可染。

钤印：可染（朱文）　在精微（朱文）　河山如画（白文）

襟江閣在桂林月牙山半山崖壁上左臨蘕江面對七星橋登臨遠望七星岩一帶青翠千群山歷歷在目為灕江觀景勝處余曾多次前往寫生荃畫圖其大意五七七夏可染生

151

有人问我，为什么爱画影子？生活中如果有很美的影子，对这些美的影子由于诗化而形成新的意境，又有着不可言传的强烈、新鲜的感受，为什么不尽情表现？

古人没有画过的东西多得很呐！

清漓风光图

114.2 cm × 120.5 cm

1977年

题款：清漓风光图

一九七七年十月可染于北京。

世称漓江山水甲天下，韩愈写漓江诗云：水作青罗带，山如碧玉簪。吾三游漓江，见奇峰千万，水色清绝，置身其间，人间天上，神怡忘倦，感前人所誉非虚。祖国有此好河山，能不一再写之。一九七八年国庆，可染又记。（第六行作字）

钤印：李（朱文）　可染（白文）　师牛堂（朱文）　李下不整冠（图形印）

江山如画（白文）　可染（朱文）

在世界艺术中，我国绘画艺术以讲究意匠著称。

中国艺术的意匠加工手段，是大胆的、高超的，京戏有高度的加工，中国画也如此。关于中国画的意匠，中国画的表现方法，大体讲来，有剪裁、夸张、组织三法。

枫林暮晚

69.5 cm × 46.5 cm

1978年

题款：枫林暮晚

一九七八年秋，可染作于北京。

钤印：可染（白文）

155

尺寸不详
1979年
题款：山林清清音之图

　　一个具备一般造型能力的人，不见得能画好山水画。画山水还要有画山水的专业基本功。一定要对山、水、树、石、云、点景人物等进行专门研究、深入观察，研究大自然山川的组织规律，要超过一般人的认识程度。古人讲，"石分三面"、"下笔便有凹凸之形"，这就很难。山有脉络，不同的岩石有不同的纹理，千变万化，要表现好是不容易的，得下很大功夫。

山林清清音之图

尺寸不详
1979年
题款：山林清清音之图
　　一九七九夏新雨初霁，心静神爽，可染作此于渤海之滨。
钤印：可染（朱文）　在精微（朱文）

山林清泊青之圖元先夏新雨初霽神爽可作卷在海之濱

157

太湖鼋头渚公园

55 cm×68.2 cm

1979年

题款：无锡太湖鼋头渚横云公园为江南名胜之一，吾曾多次往游，兹据
旧稿写之。一九七九（年）可染。

钤印：可染（白文）

兰亭图

70 cm × 47 cm

1979年

题款：兰亭图

　　昔年曾至山阴兰亭写生，时值宿雨初霁，崇山峻岭，清新如洗，茂林修竹，青翠欲滴，奔流急湍，如奏管弦。世传当年王右军在此写兰亭序，冠冕千古，为书家万世法，缅怀前代宗匠，对景流连，肃然神驰。一九七九年元宵节。可染并记。

钤印：可染（白文）　李（朱文）　为祖国河山立传（白文）

雨后春山半入云

70 cm × 46.3 cm

1979年

题款：自然水田明碎镜，雨后春山半入云。吾登九华得此景，归来写
之。可染。

钤印：可染（白文） 师牛堂（朱文） 河山如画（白文）

江南喜雨图

69.5 cm×46.2 cm

1979年

题款：江南喜雨图

　　　一九七九年春可染作于师牛堂中。

钤印：可染（白文）　老李（朱文）

墨色用得好能有极丰富的色感来完成意匠和神韵。在中国人看来，没有意匠，就没有艺术。空白已成为作品的组成部分，所谓"计白当黑"，有无成为重要部分，此时无声胜有声。

九华山

63.9 cm × 50.7 cm

1979年

题款：日出水田明碎镜，雨后春山半入云。去岁游九华山，时值新雨初霁，得此奇观，兹以水墨写之。一九七九年春四月，可染作于师牛堂。

钤印：老李（朱文） 可染（朱文） 河山如画（白文）

　　意境高低，能否引人入胜，与构图关系很大。桂林山水甲天下，漓江山水甲桂林。如不苦心经营，构图就很不容易搞好。漓江两岸都是如笋的尖峰。你坐东岸画西岸，下边是江，上边是山。你坐西岸画东岸，也是下边是江，上边是山。有人画了二十层山，感到只有一层。只能得到水平线上一排景物，显得非常单薄。景物堆砌，没有曲折，没有深度和层次，看来很平常，太一般化，不是好构图。

兰亭图

68 cm × 45 cm

1979年

题款：兰亭图

　　晋王羲之记兰亭景色云：此地有崇山峻岭，茂林修竹，清流激湍，映带左右。又前人称山阴道上千岩竞秀，万壑争流。吾五六年曾冒滂沱大雨至此写生，得见山川蓬勃生气，归来以泼墨法写之，愧不能尽意。可染并记。

钤印：李（朱文）　可染（白文）　河山如画（白文）

要用心画，不怕失败。做学问的人应该是不怕失败的人。一个人如果总是只画他那一套，几个山头，几棵树，几间房子摆来摆去，总不失败，十拿九稳，就只能像驴子推磨，总是在原地转圈而已。

积墨山水

70 cm × 47 cm

1980年

题款：前人论笔墨，有积墨法，然纵观古今遗迹，擅用此法者极稀。近代惟黄宾虹老人深得此道三昧。龚贤不能过之。吾师事老人日久，多年饱览大自然，阴阳晦明之象，因亦偶习之，有人称之为：江山如此多黑，"四人帮"亦袭用之。区区小技，尚欲置之死地，何耶！一九八○年，可染作此并记。

钤印：可染（白文） 日新（朱文） 白发学童（白文） 可贵者胆（朱文） 陈言务去（白文）

167

清漓天下景

95.5 cm × 131.5 cm

1981年

题款：清漓天下景

　　漓江由桂林经画山、兴坪至阳朔，长约百余里，千万奇峰，罗列
两岸，江水清碧，澄澈见底，百舸争流，络绎不绝，景色佳胜，
世有"山水甲天下"之誉，诚非虚夸。吾曾四次往游，系凭记忆
构成此图，以领祖国河山壮丽。一九八一年夏可染并记。

钤印：可染（白文）　寄情（朱文）　河山如画（白文）

树杪百重泉

95.5 cm × 131.5 cm

1981年

题款：山中一夜雨，树杪百重泉。昔年居蜀中，雨后山林有此境界，兹
　　　以意写之，并题前人诗句。一九八一辛酉中秋可染作于北京三里
　　　河。

钤印：李（朱文）　可染（白文）　在精微（朱文）　寄情（朱文）　河山如
　　　画（白文）

家住崇山茂林中

68.6 cm×45.5 cm

1981年

题款：家住崇山茂林烟霞中。一九八一年岁次辛酉四月中旬，可染弄墨
　　　于师牛堂中。

钤印：可染（白文）　师牛堂（朱文）　山水知音（朱文）　陈言务去（白
　　　文）

水墨胜处色无功

68.4 cm × 45.9 cm

1981年

题款：杜甫诗云：元气淋漓障犹湿，真宰上诉神鬼（天应）泣。吾以泼
墨法写此小景，觉水墨胜处色无功矣。一九八一年辛酉十一月可
染于师牛堂中。

钤印：李（朱文） 可染（白文） 神鬼愁（白文）

泼墨山水

68.7 cm × 45.9 cm

1981年

题款：昔人画云山多袭用米氏家法，吾历年遍游黄山、九华、峨眉、雁
　　　荡，饱览岩壑岚气烟云变化奇观，兹用泼墨法写我胸目中云山，
　　　以未落前人窠臼为快。一九八一年辛酉，可染并记，时在渤海之
　　　滨。

钤印：可染（白文）　日新（朱文）　李（朱文）

黄山人字瀑

125 cm × 68.1 cm

1981年

题款：黄山人字瀑
　　　一九八一（年）辛酉，可染作。

钤印：李（朱文）　可染（白文）　山水知音（朱文）　河山如画（白文）
　　　陈言务去（白文）

黄山人字瀑
一九七一年酉可染写作

173

什么是化境呢？那就是艺术家的思想、生活，通过反复的意匠加工、长期的锤炼揉合，因而浑然一体，这样的作品处处是生活的真实，处处又是作者思想感情的化身。艺术家的表现手段到了这个境地，就能最充分地传达他的思想感情，就能最完美地反映生活，就能点石成金，化腐朽为神奇。这样的艺术使人一见动心，甚至刻骨铭心，终生难忘，具有一种不容置辩的潜移默化之功。如杜甫称赞李白的诗篇："笔落惊风雨，诗成泣鬼神！"艺术到了这样的境界，它还能不产生最大的感人力量吗？

蜀山春雨图

82 cm × 52 cm

1982年

题款：蜀山春雨图

　　早年旧稿，今又写之。壬戌春三月可染师牛堂即兴。

钤印：李（朱文）　可染（白文）　露芬阁藏（朱文）

蜀中雾雨图写稿之一会之未成五云河可遇不可求师牛堂印兴〔印〕〔印〕

意境是什么？意境是艺术的灵魂。是客观事物精粹部分的集中，加上人的思想感情的陶铸，经过高度艺术加工达到情景交融；借景抒情，从而表现出来的艺术境界、诗的境界，就叫作意境。

深山茂林

69 cm × 47 cm

1982年

题款：深山茂林之图

　　　　一九八二年春三月，可染作于北京。

钤印：李（朱文）　可染（白文）　李下不整冠（图形印）

诗塘题跋：茫茫青山横翠微，岁次丁卯，可染题。

钤印：孺子牛（白文）　李（朱文）　可染（白文）

黄山云海

105 cm × 144 cm

1982年

题款：“太始浑沌，浑沌初开日，黟山突兀伸一拳。峦奇峰削碧落现，怪怪松石万象悬。山名海者何以故？千岩万壑生云烟。云烟荡漾在变幻，雪浪银涛缈无边。云时茫茫幻成海，黄海之名以此传。为问搜奇自谁始，争谈谪仙与浪仙……”此前人咏黄山诗也。明徐霞客遍游天下名山大川，深赞黄山之美，因有“五岳归来不看山，黄山归来不看岳”之句。吾两次登黄山，居百余日，饱览千峰竞秀，万壑藏云，宇宙奇观，叹观止矣。兹写其意，吾亦难名何峰何地，未作导游图也。一九八二年壬戌初夏，可染写于师牛堂并记。

钤印：李（朱文） 可染（白文） 在精微（朱文） 天海楼（朱文） 河山如画（白文） 可贵者胆（白文）

万壑树参天，千山响杜鹃。夜雨树杪百重泉。王维句真诗中画也。余昔年居蜀中巴山夜雨万壑林木葱郁青翠欲滴奔流急湍如奏管弦。对景久观真画中诗之也。此情此境令人神驰难忘故一再写之以赞祖国河山之美。

树杪百重泉

79 cm × 110.5 cm

1982年

题款："万壑树参天，千山响杜鹃。山中一
　　　夜雨，树杪百重泉。"此唐王维句，
　　　真诗中画也。余昔年居蜀中，巴山夜
　　　雨，万壑林木，葱郁青翠欲滴，奔流
　　　急湍，如奏管弦。对景久观，真画中
　　　诗也。此情此境，令人神驰难忘，
　　　故一再写之，以赞祖国河山之美。
　　　一九八二壬戌夏初，可染并记于师牛
　　　堂中。

钤印：李（朱文）　可染（白文）　在精微（白
　　　文）　山水知音（朱文）　河山如画（白
　　　文）

生活是艺术的源泉、原料和起点。生活是艺术的母亲、土地。但生活不等于艺术。生活像矿石，艺术像钢，生活不经加工，无论如何不能成为艺术，加工要千锤百炼，才能使百炼钢成为绕指柔。

赏心喜看雨余山

67.5 cm × 45 cm

1982年

题款：赏心喜看雨余山

　　一九八二年岁次壬戌秋九月，白发学童李可染作于师牛堂中。

钤印：可染（白文）　师牛堂（朱文）　河山如画（白文）

无尽江山入画图

67 cm × 111.5 cm

1982年

题款：无尽江山入画图

吾昔年曾遍游名山大川，近年年老体弱，不能远游，但每当展纸
作画，雄山秀水、烟树白云，尽来眼底。此图以意描画，欲颂祖
国河山之美。壬戌大寒，可染并记。

钤印：可染（白文）　寄情（朱文）　河山如画（白文）

中国画虽然在世界美术中独具特色，成就也很高，但由于它随封建社会的没落，也日趋衰落。由于长期脱离生活，也已远不能反映我们眼前的时代。因而从内容到形式，都存在着一个艰难的变革问题。就是因为它水平比较高，要改变它，就要花很大力气。

崇山烟岚图

129 cm × 67.5 cm

1983年

题款：崇山烟岚图

　　一九八三年癸亥长夏，白发学童可染作此图于师牛堂中，时年七十有六。

钤印：在精微（朱文）　可染（朱文）　白发学童（白文）　七十二难（朱文）　陈言务去（白文）　可贵者胆（白文）

诗塘题跋：昔人论画谓：李成惜墨如金，王洽泼墨成画，二者相合便成画诀。又东坡诗云：始知真放在精微，作画贵识相反相成之理，尝言泼墨信手涂抹而不惨淡经营，能臻神妙境乎。一九八三年癸亥长夏偶作水墨写意山水志感。可染。

钤印：李（朱文）　可染（白文）　师牛堂（朱文）

总体来说，美术界对传统理解太少，而对西方理解太多，自然重洋轻中的情况还没有尽除。……我们对中外文化的看法是，何时都应把民族传统放在首位。传统是血缘关系，外来是营养。传统是继承，外来是吸收。本末倒置是错误的，而且是危险的。

井冈山主峰图

122.5 cm × 68 cm

1984年

题款：井冈山主峰图

　　一九八四年岁次甲子大暑，可染挥汗作此图于渤海之滨。

钤印：李（朱文）　可染（白文）　师牛堂（朱文）　可贵者胆（朱文）　陈
　　言务去（白文）

什么是意境？意境就是景与情的结合，写景即是写情。山水画不是地理志，不是地理位置的说明和地貌的简单图解，它当然要求包括自然环境的一定准确性，但更重要的还是表现人对大自然的思想感情，所谓"见景生情"，景与情要结合。

春雨江南图

68.5 cm × 46 cm

1984年

题款：春雨江南图

　　一九八四年岁次甲子冬十月，可染写。

钤印：李（朱文）　可染（白文）　可贵者胆（朱文）

漓江山水天下无

67.5 cm × 126 cm

1984年

题款：漓江山水天下无

一九八四年岁次癸亥腊月，可染作于师牛堂。

钤印：可染（白文） 李下不整冠（图形印） 陈言务去（白文） 可贵者
胆（白文）

漓江山水天下殊

79.1 cm × 96.5 cm

1984年

题款：万山重叠一江曲，漓江山水天下殊。昔年泛舟漓江，过雨暮色苍
　　　茫中，得见江山浑厚，含烟带雨，气象万千，兹写其大意，以不
　　　落前人窠臼为快。一九八四年春二月可染作于师牛堂。

钤印：李（朱文）　可染（白文）　陈言务去（白文）

黄山烟云

68.8 cm × 46.2 cm

1984年

题款：历代赞黄山语何止千万，吾谓以二语最佳，一曰：岂有此理，一
　　　曰：到此始信。吾二次登黄山，居百余日，深感黄(山)烟云变幻
　　　之奇，人不到此，决难以常理喻之也。一九八四年岁次甲子春三
　　　月，可染作此图于有君堂。

钤印：李（朱文）可染（白文）在精微（朱文）在精微（白文）传统
　　　今朝（白文）

东方文化有几千年极优秀的文化传统，由于东方文化讲求内美，还有其他原因，东方中国水墨画，它至今还是一颗蒙了尘的明珠，还没有被西方人所理解，甚至我们自己有些人也不太理解。我们的新美术运动，我看最可悲的一条就是失去了民族自信心，学习了西方而鄙视自己。有人说我的画像是中国画的印象派，我不同意。我也看过很多西方名画，对一些西方艺术大师也很尊敬，但我从没有忘记中国、东方。我认为跟着别人脚印走的人，永远落在别人的后边。

雨后听瀑图

68.5 cm×45.5 cm

1985年

题款：雨后听瀑图

一九八五年岁次乙丑春三月，春雨初降，白发学童李可染作于师牛堂。

钤印：李（朱文） 可染（白文） 李下不整冠（图形印） 在精微（白文）

题款：夕阳无限好，黄昏待月明。唐人有"夕阳无限（好），只惜近黄
　　　昏"句。吾为适吾画意趣，为改下句三字，非敢妄非前人也。
　　　一九八五年岁次乙丑夏六月下浣。白发学童可染并记。

钤印：老李（朱文）　可染（白文）　所要者魂（白文）

　　　平均对待生活是错误的，不管主观意愿如何，必须要剪裁。一个人若想一点不差地再现自然，一生也不会画完一棵树。中国画敢于大胆剪裁。自然主义是被动的，现实主义是主动的。

黄昏待月明

68.5 cm × 45 cm

1985年

题款：夕阳无限好，黄昏待月明。唐人有"夕阳无限（好），只惜近黄
　　　昏"句。吾为适吾画意趣，为改下句三字，非敢妄非前人也。
　　　一九八五年岁次乙丑夏六月下浣。白发学童可染并记。

钤印：老李（朱文）　可染（白文）　所要者魂（白文）

夕陽無限好，只賣黃昏時。唐李商隱夕陽無限好，只賣黃昏時。眼不惜近黃昏。白吾為道者，畫直迴路為。敗下句三字惟敬是非，前夕近無寒寒藏改五畫，夏長有下浣，日影曾鄉岩，直亞善畫記

荷塘消夏图

69.2 cm × 45.8 cm

1985年

题款：荷塘消夏图
　　　碧树沉沉覆草堂，湘帘齐揭藕风凉。六月无地避炎热，何如移家
　　　住上方。一九八五年岁次乙丑夏六月上浣，白发学童可（染）写
　　　意。

钤印：李（朱文）　可染（白文）　陈言务去（白文）

荷塘消夏图

88 cm × 57 cm

1985年

题款：荷塘消夏图
　　　碧树沉沉覆草堂，湘帘齐揭藕风凉。六月无地避炎暑，安得移家
　　　住上方。一九八五年岁次乙丑大暑，可染挥汗写。

钤印：可染（白文）　天海楼（朱文）　陈言务去（白文）

荷塘消夏圖

碧樹沉沉
西覆州坐
湘廉齊
揭藕風涼
有無池亞
星熱安得
修家坐上方
天空人氣□乙丑

可染澤汗鶴

中西绘画原理是一致的。……以大观小，小中见大。

艺术达到丘壑在胸、运在手的境地，他就可像上帝似的创作最美的意境，就会使人感到人间仙境而不感到荒诞。

横云岭外千重树

86.5 cm × 54 cm

1986年

题款：横云岭外千重树，流水声中一两家。一九八六年岁次丙寅元月，白发学童李可染作此图于识缺斋。

钤印：李（朱文） 可染（白文） 语不惊人（朱文） 师（狮）子搏象（白文） 陈言务去（白文）

宋起，就把山水居主要、第一位。祖国四山五岳、名山大川、山水、河山、江山都是祖国的代词。反映人民极爱乡国的感情。中国山水画比西方早约一千年。山水反映宏大境界。丰富了表现方法、表现技法和艺术境界，如以大观小、小中见大，把中国画艺术观提高得更完美，树立了中国美术的独立体系。

雨后夕阳图

68.2 cm × 45.5 cm

1986年

题款：雨后夕阳图

　　一九八六年岁次丙寅七月，可染作图于北戴河。

钤印：李（朱文）　可染（白文）　所要者魂（白文）　在精微（白文）

画好山水画，在技法上要过好两关：线条关和层次
关。层次关最难，因为山水画往往要表现几十里的空间，
层次问题就显得特别突出。空间层次和笔墨层次是相联系
的，层次问题解决得好，才能达到整体上的深厚。没有一
个大艺术家不追求深厚的。

雨过泉声急

102 cm × 52.5 cm

1986年

题款：雨过泉声急，云归山色深。一九八六年。可染。

钤印：可染（白文）　千难一易（白文）　可贵者胆（白文）

雨过
泉声急
飞泉
空色烟
...
墨

一般说来，西方绘画总有一个固定的立脚点，这样，收入画面的景观多数只能限于视野范围所见，当然有时也作些集中变化。中国画创作，可以全然不受这个限制而大大超脱固定的立脚点，超越了一定的视野范围。当你观察生活、感受生活，获得了一定的意境，有了一个中心思想内容时，可以把你经年累月所见、所知以至所想全部重新唤起，只要是与这中心内容有关的、情调一致的，都可以组织在一个画面里。因此中国画常常可以反映出极其广阔宏伟的内容。千岩万壑、层峦叠嶂、千里江山、万里长江，同时出现在一幅画面之中。站在这样的画幅面前，使人感到祖国河山的壮丽伟大，引起人们热爱祖国的感情。

峡江轻舟图

131 cm × 68 cm

1986年

题款：峡江轻舟图

看似三峡不似三峡，胸中丘壑墨里烟霞。一九八六年岁次丙寅八月，消夏于北戴河海滨客舍，以意作此图，觉山川浑厚，笔墨深沉凝重，以无轻薄浮滑习气为快。可染并记。

钤印：老李（朱文） 可染（白文） 神鬼愁（白文） 峰高无坦途（白文）
学不辍（朱文） 可贵者胆（白文）

峡江轻舟图

　　"可贵者胆"、"所要者魂"是我打出来前刻的两方印章。"胆"者，是敢于突破传统中的陈腐框框，"魂"者，即创作具有时代精神的意境。1954年起我多次到大自然中观察写生，行程十数万里，使我认识到，传统必须接受生活检验决定其优劣取舍。而新的创造是作者在大自然中发现了前人没有发现的新的规律，通过思维、实践发展而产生新的艺术境界和表现形式。

春雨江南图

89 cm × 53 cm

1986年

题款：杜甫诗云：元气淋漓障犹湿，真宰上诉天应泣。吾以淋漓墨沉泼湿《春雨江南图》，尚能抒写己意，以未步前贤后尘为快。岁丙寅春月可染并记。

钤印：老李（朱文）　可染（朱文）　神鬼愁（白文）

题款：苍岩耸翠图

一九八六年岁次丙寅腊月可染作于师牛堂。

钤印：可染（白文） 语不惊人（朱文） 在精微（白文） 河山如画（白文）

有人认为艺术越古越好，认为今不如古，清不如明，明不如元……这违反事物发展规律。传统今朝，传统要为今天服务。传统必须继承，继承目的是为了促进现代艺术的发展。

苍岩耸翠图

82.5 cm × 51.5 cm

1986年

题款：苍岩耸翠图

一九八六年岁次丙寅腊月可染作于师牛堂。

钤印：可染（白文） 语不惊人（朱文） 在精微（白文） 河山如画（白文）

艺术形象要单纯、含蓄。单纯是为了强调最精彩的，含蓄是为了表现丰富。单纯不等于简单，简单的弊病往往在于浮光掠影，观察不深入，形象表面化。

形象脱离真实不对，完全依靠真实也不对。形象要真实与美统一，真实性与艺术性统一。真实性使人信服，艺术性叫人感动。画家要运用自己的全部修养，把自然的真实的形态提高到更美、更感人的境界。

横云岭外千重树

尺寸不详

1987年

题款：横云岭外千重树，流水声中一两家。一九八七年岁次丁卯炎夏余
　　　避暑于渤海之滨，闲中以积墨法作此图，以不落前人窠臼为快。
　　　可染并记。

钤印：李（朱文）　可染（白文）　陈言务去（白文）

　　表现意境的加工手段，叫"意匠"。在艺术上这个"匠"字是很高的誉词，如"匠心"、"宗匠"等等。对艺术家来说，加工手段的高低关系着艺术造诣的高低，历代卓越的艺术家没有不在意匠上下功夫的。杜甫诗云："意匠惨淡经营中"，又云："为人性僻耽佳句，语不惊人死不休"。惨淡经营，写不出感人的诗句，死了都不甘心，这是何等的精神！

峡江轻舟图

尺寸不详
1987年
题款：峡江轻舟图
　　　看似三峡不是三峡，胸中丘壑峰底烟霞。一九八七年岁次丁卯秋九（月），可染于天海楼并记。
钤印：老李（朱文）　可染（白文）　寄情（朱文）　传统今朝（白文）陈言务去（白文）

　　"意境"和"意匠"，是山水画的主要的两个关键，有了意境，没有意匠，意境也就落空了。杜甫说，"意匠惨淡经营中"。诗人、画家为了把自己的感受传达给别人，一定要苦心经营意匠，才能找到打动人心的艺术语言。

王维诗意

137 cm × 68 cm

1987年

题款：王维诗云："万壑树参天，千山响杜鹃。山中一夜雨，树杪百重泉……"此真画中诗也。吾作此图亦欲画中有诗，以不负右丞传世句也。一九八七年丁卯大暑，可染于师牛堂。
　　　吾爱摩诘此诗神境，十五年前曾作成横幅，一时颇得同道称许，后曾一再写之，此为第五幅。丁卯，可染又记。

钤印：老李（朱文）　可染（白文）　白发学童（白文）　废画三千（朱文）
　　　陈言务去（白文）可染（白文）　孺子牛（白文）　延寿（朱文）　寄情（朱文）

219

清漓烟岚图

117 cm × 68 cm

1987年

题款：清漓烟岚图

万山重叠一江曲，漓江山水天下无，漓江为画作稿本，画为漓江
传千古。昔年吾曾多次泛舟漓江，觉江山虽胜，然构图不易，兹
以传统以大观小法写之，因略得其意，人在漓江边上，不能见此
境也。岁次丁卯冬，可染并记。

钤印：山水知音（朱文）李（朱文）可染（白文）可贵者胆（朱文）
所要者魂（白文）江山如此多娇（白文）

黑团团里墨团团（石涛诗意）

69.5 cm × 47 cm

1987年

题款：石涛题画句云：黑团团里墨团团，墨黑丛中天地宽。中国绘画极
　　　重用墨，墨色千变万化、包容天地，为吾国绘画一大特色。此中
　　　堂奥门外人不能知也。可染。

钤印：可染（朱文）　寄情（朱文）　延寿（朱文）　李下不整冠（图形印）

　　水墨是我国绘画主要表现方法之一。因之它在本科基本练习上也是重点课程之一。它总的目的是：学习水墨画的优良技法，使之与现代科学的写生方法相结合。正确地表现物象的真实，熟练地运用水墨画的表现方法，为水墨创作（挂轴、文艺作品插图等）打下基础。

崇山茂林源远流长图

138 cm × 67.5 cm

1987年

题款：崇山茂林源远流长图

　　　吾画扎根祖国大地，基于传统，发展于客观世界。人谓吾画为国画印象派，吾不能然其说。早岁吾学过几年西画，对西方诸大家迄今仍甚尊崇，但吾终觉我国自有光辉文化体系、独特表现形式，学习外来皆在借鉴、丰富自己，若因此妄自菲（菲）薄而卑弃传统，吾深以为耻。可染题记。

　　　一九八七年岁次丁卯冬十月下浣，可染作于师牛堂。

钤印：实者慧（白文）　李（朱文）　可染（朱文）　李（朱文）　可染（白文）　传统今朝（白文）　为祖国山河立传（白文）　峰高无坦途（白文）

山水景物是舒展自然的。山的轮廓线是那么丰富，它的气势大得不得了。欲得其"大"，需尽其"变"。

山的画法不能太简单，山是浑厚复杂的，是多种对立因素的统一，有石头，有草，有树，有土坡。面对复杂的景观，我经常是开始用这种画法，第二遍又用另一种画法。两种画法，既有区别，又要统一，才会使画中的山石变化无穷。

月牙山图

90.3 cm × 59.3 cm

1987年

题款：桂林纪游月牙山图。丁卯，可染。

钤印：可染（朱文）　为祖国河山立传（白文）　在精微（白文）　可贵者
　　　胆（朱文）　所要者魂（白文）　陈言务去（白文）

桂林纪游
月牙山图
丁卯可染

学习齐白石艰难朴素，不慕名利的高尚品德；

学习他对待艺术严肃认真的精神；

学习他现实主义的正确的艺术道路；

学习他高超的笔墨上的功力，百折不挠的坚强的毅力。

他在我跟前像一座大山。他是我学习的模范、奋斗的目标。看见他就是对我的提高，增加我前进的力量。

密树自生烟

80 cm × 50 cm

1988年

题款：湿云常带雨，密树自生烟。一九八八年岁次戊辰元宵后三日，白
发学童李可染作此图于墨天阁。

铃印：李（朱文） 可染（白文） 陈言务去（白文） 在精微（朱文）

中国画家笔墨上的修养功夫，反映在中国特有吸水纸上，出现一种特殊的韵味。这样韵味非别种画种可以比拟，因这种神韵不是做出来而是写出来的，真如杜甫所云"元气淋漓障犹湿，真宰上诉天应泣"。好的笔墨反映天地生气，望之使人振奋、惊心动魄，以至泪下。

山静瀑声喧

92.5 cm × 58.5 cm

1988年

题款：雨余树色润，山静瀑声喧。一九八八年岁次戊辰夏七月上旬，可染写于渤海之滨。

钤印：李（朱文）　可染（白文）　放在精微（朱文）　天海楼（朱文）河山如画（白文）　陈言务去（白文）

题款：万壑树参天，千山响杜鹃。山中一夜雨，树杪百重泉。此王维诗
句，真画境也。余昔年长期深入山林写生，雨中曾见此奇观，真
诗画也。一九八七年岁次丁卯，可染。

钤印：李（朱文）　可染（白文）　在精微（朱文）　山水知音（朱文）陈
言务去（白文）

　　强调雨后，左中瀑减细。下水不宜太分散。葱葱郁
郁，林木繁茂。右下不宜画树，与中平列，上山头含烟带
雨，隐约中见林木。自然无限。

　　树下交代加点。下瀑减少，上淡树不再加，右二树头
去上尖，左黑树加点叠瀑，左深树去瘦。

百重泉

109.6 cm×60.2 cm

1987年

题款：万壑树参天，千山响杜鹃。山中一夜雨，树杪百重泉。此王维诗
句，真画境也。余昔年长期深入山林写生，雨中曾见此奇观，真
诗画也。一九八七年岁次丁卯，可染。

钤印：李（朱文）　可染（白文）　在精微（朱文）　山水知音（朱文）陈
言务去（白文）

中国画有悠久历史，在世界美术它有独特的民族风格。不论在理论上、在表现方法上，与西方绘画有很大不同。就拿山水画来说，它可以把千里江山、万里长江、千岩万壑画在一幅画上。中国的山水画不同一般的风景画。中国的"山水"、"河山"、"江山"都是祖国的代词。中国画家在创作的时候，不限于画他眼前所看见的，同时也画所知道的、所想到的。总之，绘画是通过具体的形象反映作者的思想。作者像一个诗人似的有时能表现出极为雄伟开阔的胸怀。

山林之歌

68.5 cm × 46 cm

1987年

题款：山林之歌

一九八七年岁次丁卯冬十月上浣，白发学童李可染作于师牛堂。

钤印：李（朱文） 可染（白文） 所要者魂（白文） 在精微（朱文）

中国画（及其他文艺）有自己的文化体系和特殊的表现形式。水平不低于西方。由于百年来历史原因，中国画尚未能为世人所理解，我们要大力宣传介绍，把中国文化推向世界。

不应认为国画的发现是从西方来。

为了宣扬东方优异，出言勿太吝啬。

在思想深处万不可有国画落后于西方的错觉。

雨后夕阳图

67.8 cm × 45.3 cm

1987年

题款：雨后夕阳图

余作画扎根祖国土壤，广收博取，虽得外来而皆在东方，此语不足与邯郸学步者流道也。丁卯夏可染并记。

钤印：李（朱文）　可染（白文）　在精微（白文）　山水知音（朱文）白发学童（白文）

235

解放后提出"古为今用"、"洋为中用"、"推陈出新"，提出生活是创作的唯一源泉，传统是流，不是源的科学论断。现在的画家到生活中去观察、写生、研究，回来进行创作。现在摆在国画家面前对传统就有学习、变革，反映我们新的时代这样一个历史任务。由于国画历史悠久，有很大特色和优点，同时还具有很大缺点，要改造、变革实在是一项艰巨的工作。我们的工作刚刚开始，还在摸索的过程中，缺点很多，做得很差。

烟江夕照图

69 cm × 103 cm

1987年

题款：苍茫烟江夕照中。一九八七年岁次丁卯可染作于北戴河客舍。

钤印：可染（白文） 语不惊人（朱文） 师（狮）子搏象（白文） 河山
　　　如画（白文）

诗塘题跋：看似三峡不是三峡，胸中丘壑笔底烟霞。题烟江夕照图。
　　　一九八七岁次丁卯秋，可染于师牛堂。

钤印：白发学童（白文） 李（朱文） 可染（白文） 天海楼（朱文）

看似三峽不是三峽胸中丘壑筆底煙霞

呈煙江夕照圖

丁卯歲字卯橋天之嵗字李師牛坐

意境是山水画的灵魂。为了获得我们时代新的意境，最重要的有几条：一是深刻认识客观对象的精神实质。二是对我们的时代生活要有强烈、真挚的感情。客观现实最本质的美，经过主观的思想感情的陶铸和艺术加工，才能创造出情景交融，蕴含着新意境的山水画来。

水墨山水

68 cm × 45.5 cm

1988年

题款：余童年弄墨，迄今六十余载，朝研夕磨，未离笔砚。晚岁信手涂
抹，竟能苍劲腴润，腕底生辉，笔不着纸，力似千钧。此中底
细，非长于实践独具慧眼者不能知也。一九八八年岁次戊辰，可
染并记。

钤印：李（朱文）　可染（白文）　寄情（朱文）　所要者魂（白文）

中国水墨画从来讲究气氛。"山中有龙蛇"，就是说的贯气。又说"苍茫之气"、"含烟带雨"、"挥毫落纸如云烟"、"试看笔从烟中过"等等，都含有这个意思。山水画中留出适当的空白，也是为了有助于气氛的表现。

山水清音图

83.7 cm × 50.9 cm

1988年

题款：山水清音图
雨势骤然晴，山青瀑声喧。一九八八年岁次戊辰夏七月，可染作
于渤海之滨客舍。

钤印：老李（朱文） 可染（白文） 日新（朱文） 可贵者胆（朱文） 陈
言务去（白文） 延寿（朱文）

中国有六千年文化，形成了自己的文化体系和独特的表现形式，它蕴藏着极为珍贵丰富的东西，但它却又古老，不能尽合于今天。因此传统继承和发展是我们这一代人的历史使命。由于它"高"和"老"这一矛盾，形成这一工作的艰巨性……我们不少同志为此用尽心力和留（流）了汗水，但我们只花几十年已经有所突破、有所创新，当然它有不少缺点甚至错论，这是必然现象，实际中国绘画已走到戏曲的前面，我已看到东方文化的复兴的曙光，我已请刻一块印章，文是"东方既白"。

（注：此为李可染创作手稿释文）

野岩飞雪图

87.9 cm×52.7 cm

1988年

题款：野岩飞雪图

余喜雪，但从未画过雪景，今偶一为之，亦知画雪必须多留空白，而吾惯用重墨，积习难改，愈画愈黑，终成黑色雪影，吾亦难解嘲矣。一九八八年岁次戊辰冬十一月下浣，可染于识缺斋。

钤印：李（朱文） 可染（白文） 陈言务去（白文）

有的人画山水一辈子没画好点景小人。其实，只要善于总结，全力攻关，全力攻克缺点，"难"是可以向"易"转化的。不会画点景人物，我就花上一个月功夫专门画点景小人。一个月不行两个月，两个月不行三个月……一年都画小人，一年画几万个小人，还能画不好吗？一年看来很长，但对比一生来说到底还是短暂的。山画不好，专门画山，树画不好，专门画树，最后一定能画好。

千岩竞秀万壑争流图

91.5 cm × 56 cm

1989年

题款：千岩竞秀万壑争流图

昔年游兰亭，过山阴道，忆及前人写此地景色，有此二名句。今以意写吾胸中丘壑，非实况也。

一九八九年岁次己巳秋九月，可染并记。

钤印：可染（白文）寄情（朱文）陈言务去（白文）

千巖競秀萬壑爭流圖

昔東晉顧愷之遊山陰道中謂人曰山川之美
使人應接不暇有千巖競秀萬壑爭流
草木蒙其上若雲興霞蔚此名句也天地有
大美而不言嚴治己巳孟夏畫於長安王紀

峡江帆影图

76 cm × 104.5 cm

1988年

题款：峡江帆影图

　　偶忆昔年游三峡情况，信笔以意作此图。非真非幻，胸中丘壑，
　　笔底烟霞，三峡实无此境也。一九八八年岁次戊辰八月，可染并
　　记。

钤印：可染（白文）　传统今朝（白文）　语不惊人（朱文）　李下不整冠
　　（图形印）　天海楼（朱文）　换了人间（朱文）

清漓天下景

65 cm × 105.5 cm

1988年

题款：清漓天下景

万山重叠一江曲，漓江山水天下殊。漓江为画作稿本，画为漓江
传千古。吾五游漓江，觉江山虽胜，然构图不易，兹以传（统）
以大观小写之，人在漓江边上，不能见此境也。一九八八年岁次
戊辰夏七月，可染作于渤海之滨。

钤印：李（朱文）　可染（白文）　白发学童（白文）　所要者魂（朱文）
　　　可贵者胆（白文）

古人论画，以形写神，是对的。形，是第一性的，没有形，哪来的神？肯定地说，无形即无神。但是，有形不等于有神，形似不一定神似。神似是艺术上更高一级地表现生活，表现人，表现大自然。如果反过来说，神是第一性，对不对呢？我以为是不对的，把形与神的关系搞颠倒了，容易走向空虚。形神关系，至为重要。"以形写神、形神兼备"的传统论说，正确表达了艺术创作中形神对立统一的关系，任何否定、混淆或颠倒形神正确关系的说法，都值得商榷。

春雨江南图

68 cm × 46 cm

1988年

题款：春雨江南图

余十六岁起即在江南学习，先后有六年之久，中岁又多次往江南写生。吾爱江南，江南之美时萦梦寐，江南春雨更是我常画题材，惓惓情深，不能自己（已）。一九八八年岁次戊辰中秋节后三日，可染作于天海楼并记。

钤印：在精微（朱文） 李（朱文） 可染（白文） 河山如画（白文）

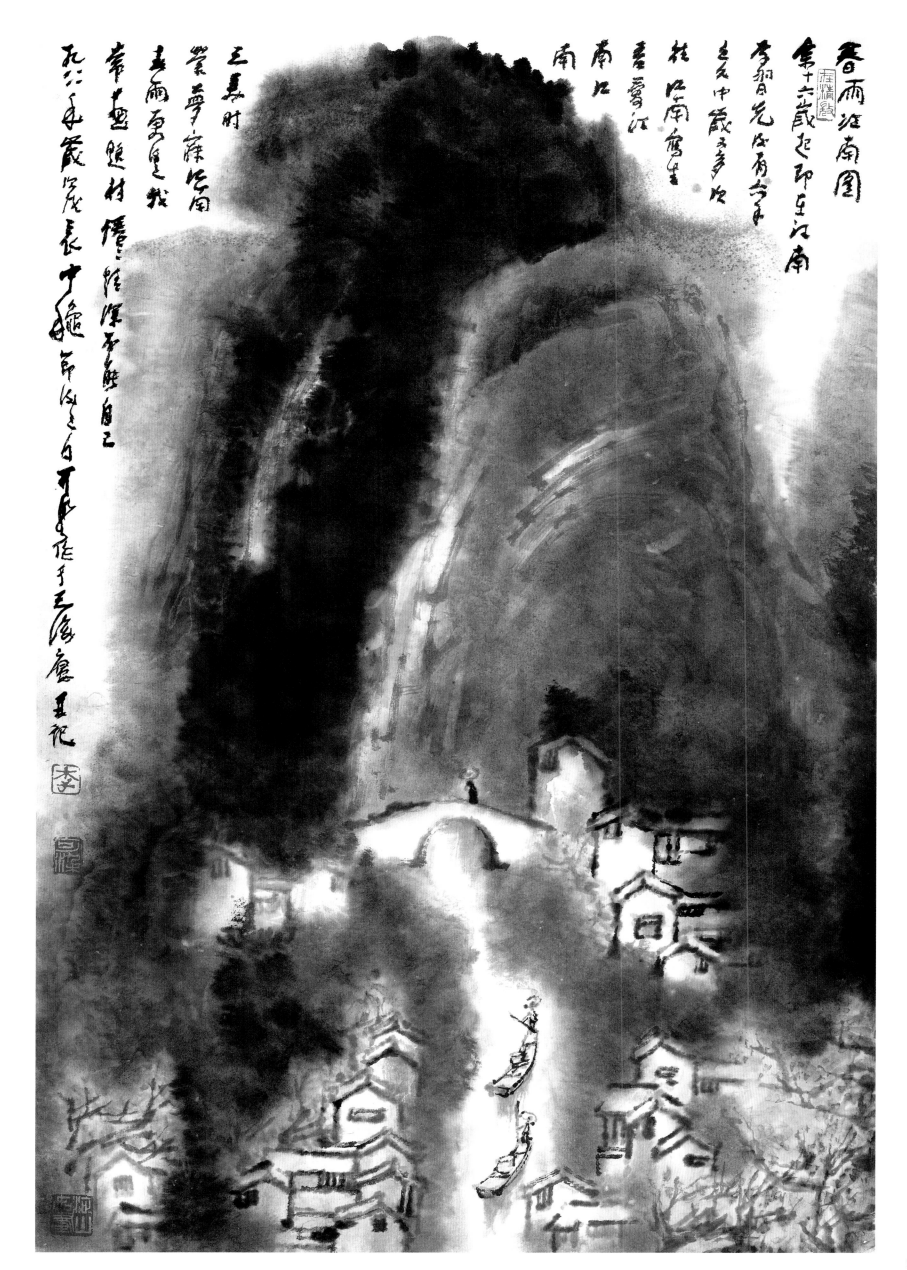

人能毕业的大学世界不少，有识见的人重视东方。

我可预言将来世界文化能与西方文化比美的是东方文化，而且可能超过他们，那时东方文艺才真正走向世界，丰富世界文化，对世界文化做出应有的贡献。

元气淋漓障犹湿

63.5 cm × 43.2 cm

1988年

题款：元气淋漓障犹湿，真宰上诉神（天）应泣。一九八八年岁次戊辰
　　　三月，以水墨作此图于师牛堂。可染。

钤印：可染（白文）　彭城李氏（朱文）　天海楼（白文）

元氣
淋漓障
猶濕真宰
上訴神應泣
無公年歲戊辰三月
染墨作 雨園
于師牛堂

251

暮雨初放夕照中

84.3 cm × 52 cm

1988年

题款：暮雨初放夕照中

　　　一九八八年岁次戊辰秋七月上旬可染作于墨天阁。

钤印：李（朱文）　可染（白文）　寄情（朱文）　天海楼（朱文）　陈言务
　　　去（白文）

佛教圣地九华山

86.1 cm × 52 cm

1989年

题款：九华山为我国佛教四大名山之一，唐刘禹锡对之有："奇峰一见
　　　惊魂魄"句。一九八七年吾曾往游，归来作此天台主峰图，草草
　　　未竟，搁置十数年，始又加墨赋色，书作题记。己巳秋，可染。

钤印：可染（白文）　天海楼（朱文）　白发学童（白文）　传统今朝（白
　　　文）　河山如画（白文）

中国画到今天仍是蒙尘的明珠。中国画水平是很高的。有一次看中国画和别的友邦的联展，感到水平差距很远。回来以后，我就请王镛刻了一方图章："东方既白"，是借用苏东坡《前亦壁赋》的结尾一句："不知东方之既白。"东方文化复兴的曙光一定会到来，中国画会在世界上占很高的地位。

巍巍万重山

76.5 cm × 105 cm

1989年

题款：巍巍万重山，雄立天地间。一九八九年己巳。可染。

钤印：可染（朱文）　寄情（朱文）　可贵者胆（朱文）　所要者魂（白文）
　　　陈言务去（白文）

李可染年表

李可染年表

1907年

· 3月26日（农历二月十三日），出生于江苏徐州一平民家庭，原名李永顺，行三。父亲李会春，母亲李氏。

1914年

· 入私塾读书。

1917年

· 入徐州国民吴氏小学。国画教师王琴舫为其更名为"可染"，取"孺子可教，质素可染"之意。此后遂以"可染"一名行世。

1918年

· 开始自学胡琴。

1920年

· 拜钱食芝为师，学"四王"一派山水画。钱食芝赠予一幅四尺山水，并题诗："童年能弄墨，灵敏世应稀；汝自鹏搏上，余惭鹢退飞。"

1923年

· 小学毕业，入上海美术专科学校（上海美专）初级师范科学习图画、手工，眼界逐渐开阔。接触到吴昌硕、任伯年的作品，深为感佩，并初步涉及西方美术。

· 结识戏剧家苏少卿和胡琴圣手孙佐臣，师从二人学习戏曲和胡琴，均深造有得。

1925年

· 上海美专毕业，毕业创作以王石谷派细笔山水中堂名列第一，校长刘海粟为其题跋。返回徐州，在第七师范附属小学和私立徐州艺专任教（至1928年冬）。

· 适逢京剧大堂会，杨小楼、余叔岩、程砚秋、荀慧生等名家云集，李可染通宵观看，深为民族艺术的魅力所倾倒。

1927年

· 在北伐军第三路指挥部政治部美专股从事宣传活动。

1929年

· 考取杭州国立艺术院研究部研究生，专攻素描和油画，指导教师为法国画家克罗多。李可染受同窗张眺影响，阅读左翼书刊，开始认识社会和革命，两人一同加入"西湖一八艺社"。当时教学以后期印象派为主，李可染在色彩方面颇受高更（Paul Gauguin）的影响，更倾向于文艺复兴时期艺术家米开朗琪罗（Michelangelo Bounarroti）、波堤切利（Sandro Botticelli）以及米勒（Jean Francois Millet）、杜米埃（Honoré Daumier）等人的作品。在杭州读书期间，李可染颇致力于美术史的学习，并常到西湖各处景点写生。

1930年

· 在"左联"的影响下，张眺、陈卓坤、陈耀塘、李可染等人从"西湖一八艺社"分离出来，另立"一八艺社"。"一八艺社"的其他成员还有沈福文、王肇民、胡一川、汪占非、力扬等。张眺、李可染还物色新生成立"泼波社"，在《杭州民国日报》开辟《泼波》副刊，公开提倡普罗文学。

· 杭州国立艺术院改制，取消研究部，并入国立杭州艺术专科学校。经林风眠同意，李可染在教授研究室任助理员，半工半读。

1931年

· 与苏娥在杭州结婚，育有三子一女。

· "一八艺社习作展览会"在上海举行，鲁迅撰写《一八艺社习作展览会小引》，李可染有《失乐园》等三幅作品参展。"一八艺社"及其创作成为我国新兴版画运动的发端。嗣后因参加"一八艺社"活动而被迫退学，返回徐州。

1932年

· 在徐州举办首次个人画展。随即任徐州民众教育馆展览股总干事，兼绘画研究会指导员（至1937年底）。与倪锡英筹办

1932年，李可染在徐州举办首次个人画展。

1932年，李可染在徐州民众教育馆与同事合影。

"九·一八展览会"，负责全部绘画部分的创作与设计。

· 在徐州艺术专科学校义务代授素描课。

· 创立"黑白画会"，开展木刻创作。

　1933年

· 组织徐州书画界"援助东北难民书画展览会"。

· 参与举办"航空救国展览会"，绘制航空知识图片42张。

· 为配合民众教育活动，李可染还在徐州城区、乡村举办"农事"、"青作"、"新五毒"（烟、酒、赌、嫖、迷信）、"除三害"（烟、酒、赌）、"兵工筑路"等多种流动展览。

· 6月，受中国教育社之托，与徐州民众教育馆同事赵光涛、陈向平等赴洛阳考察社会教育，并游览龙门石窟。

　1934年

· 在徐州民众教育馆布置固定展室、农事展室，固定展室以纪念革命和国难为主题，李可染创作大幅油画、水彩画，宣传抗日救国思想。

　1935年

· 到北平故宫博物院观摩历代名画，加深了对古代绘画艺术的认识。回到徐州后，曾创作《钟馗》等一批大写意人物画。

　1936年

· 鲁迅编选的《凯绥·珂勒惠支版画选集》出版。李可染购得此书，视若珍宝，在颠沛流离中，该画册与《鲁迅全集》始终行箧相随，创作风格深受珂勒惠支的影响。

· 在徐州第三女子师范学校兼课。

　1937年

· 组织徐州艺专学生成立抗日巡回宣传队，到城乡各处演出、举办画展，创作《日军侵华暴行录》等连环画153幅。创办黑绿两色套印石版抗日画报《火线周报》、《抗日画报》。

· 画作《钟馗》入选南京第二次全国美术展览会，并刊载于《美术生活》杂志第二次全国美术展览会专辑首页。

· 年底，日本侵略军逼近徐州，李可染欲到后方从事抗日宣传工作，遂携妹妹李畹赴西安。

　1938年

· 应田汉之邀，到武汉入国民政府军事委员会政治部第三厅美术科。郭沫若任厅长，阳翰笙任主任秘书，田汉任第六处处长，倪贻德任第六处三科代理科长，聚集了大批思想界、文化界、学术界的著名人士。艺术家有倪贻德、傅抱石、蔡仪、叶浅予、王式廓、赖少其、罗工柳等，在武汉开展抗日救亡宣传工作。

· 10月，武汉弃守后，李可染等经长沙、衡阳辗转撤离到桂林。

· 李可染创作了《无辜者的血》、《日寇暴行录》、《侵略者的炸弹》、《焦头烂额的日寇》等抗日宣传画。

· 妻子苏娥去世。

1939年
· 与国民政府军事委员会政治部第三厅的其他人经贵阳抵达重庆，寓居西郊金刚坡，与傅抱石等人为邻，二人曾经合作过《洗马图》等作品。林风眠辗转抵达重庆，赁居嘉陵江南岸弹子石大佛段军用仓库，潜心创作中国画，李可染时常前往探望。
· 在《文艺阵地》上发表钢笔画《是谁破坏了你快乐的家园》。

1940年
· 国民党改组政治部，撤销第三厅，设立文化工作委员会，郭沫若为主任，李可染在该委员会工作。

1941年
· 文化工作委员会的工作陷入困境，委员会成员转入各自专业领域从事研究。是年冬，李可染重新转入国画的研究与创作，取材深受四川当地风物影响，所作多为水墨山水、水牛及古典人物。作品已经跳出"四王"的矩矱，转而希踪八大、石涛，力图摆脱寰臼，用笔恣肆，追求疏简淡雅的风格，并以"用最大功力打进去，用最大勇气打出来"自勉。

1942年
· 参加当代画家联展，徐悲鸿订购李可染作品《牧童遥指杏花村》并为之题诗，两人从此开始订交。徐悲鸿时居磐溪嘉陵江畔，李可染常登门造访，借阅和参考徐氏所藏齐白石画作精品，画风一变。
· 创作《屈原》、《王羲之》、《杜甫》、《风雨归牧》等作品，沈钧儒、郭沫若、田汉等为之题诗。

1943年
· 应陈之佛邀请，任重庆国立艺术专科学校中国画讲师（至1946年8月），其间进一步深入研究传统中国画和美术史。

1944年
· 与邹佩珠结婚，育有二子一女。
· 邀请郭沫若、蔡仪到重庆国立艺专演讲。
· 在重庆举办画展，徐悲鸿作序。老舍撰文盛赞李可染援西洋画入中国人物画，堪为国内最伟大的人物画家。
· 林风眠到重庆国立艺专作关于改良中国画问题的演讲。

1945年
· 林风眠、丁衍庸、倪贻德、关良、赵无极等举行联展。
· 文化工作委员会解散。
· 林风眠到重庆国立艺专教授西画。李可染、关良等与林风眠

1946年，应徐悲鸿的邀请到北平任教途中，李可染夫妇在上海与两岁的儿子李小可合影。

过从甚密，课余常在一起观摩、探讨。

1946年
· 李可染同时接到国立北平艺专和杭州国立艺专的聘书，考虑到北平文化底蕴深厚，又有齐白石、黄宾虹两位大师，最终决定应徐悲鸿之邀，到国立北平艺专任中国画副教授，迁居北平贡院西大街。

1947年
· 春，经徐悲鸿引荐，拜齐白石为师。白石老人为其作《五蟹图》，并题："昔司马相如文章横行天下，今可染弟之书画可以横行矣"。白石老人晚年对李可染极为倚重。不久，又师事黄宾虹。此后数年，李可染在齐、黄二人的指点下，得以深入中国书画艺术之堂奥。
· 首次在中山公园举办个人画展，展出国画代表性作品百幅。徐悲鸿称其绘画独标新韵，"假以时日，其成就诚未可限量"。

1948年
· 由贡院西大街迁入东城大雅宝胡同甲2号（至1973年7月），曾与李苦禅、董希文、张仃、王朝闻、叶浅予、滑田友、李瑞年、周令钊、彦涵、祝大年、蔡仪、吴冠中、黄永玉等人为邻。
· 在北平举办第二次个人画展，《拨阮图》、《怀素书蕉》等作品被徐悲鸿所收藏。

1947年初春，李可染夫妇与儿子李小可在北平。

李可染与齐白石、李瑞年合影。

1947年，李可染与齐白石在一起。

1949年

· 解放区美术工作者到达北平，人民政府接管国立北平艺专。

· 美术界开始就国画改革问题展开大讨论。

· 中华全国美术工作者协会成立，徐悲鸿任主席，李可染当选为全国委员会委员。

1950年

· 《人民美术》创刊号发表有关"新国画运动"的文章，李可染发表《谈中国画的改造》，提出改造中国画要面向生活、继承传统和吸收外来文化中的优良成分。

· 中央美术学院成立，徐悲鸿任院长。李可染为副教授，在绘画系教授水彩画。

· 参加中央美术学院大同云冈旅行团，在《人民美术》第5期发表《云冈石刻的印象》一文。

1951年

· 在《人民日报》发表《国画大家白石老人——为庆祝他的90寿辰而作》一文。

· 与中央美术学院师生先后到北京郊区、广西南宁农村参加土改，绘制21幅宣传布画。

· 创作《土改分得大黄牛》、《老汉今年八十八，始知军民是一家》、《工农劳动模范北海游园大会》等新年画。

1952年

· 晋升中央美术学院教授。

· 陪同智利画家何塞·万徒勒里（Jose Venturelli）夫妇考察云冈石窟。

· 《工农劳动模范北海游园大会》获文化部1951年至1952年度年画创作三等奖。

· 参加由文化部组织的甘肃炳灵寺石窟考察团，其他成员有吴作人、赵望云、张仃等13人。赴甘肃途中还参观了龙门石窟、西安碑林、茂陵等遗迹。

大雅宝胡同甲2号，此时值为齐白石九十寿诞（1950年）。
左起：李瑞年夫人、谢驭珍之母（王朝闻岳母）、李慧文（李苦禅夫人）及女儿李琳、齐良迟（齐白石第四子）、范志超、齐白石、李苦禅、廖静文、徐悲鸿、齐良已（齐白石第五子）、李可染（抱女儿李珠）、邹佩珠（李可染夫人）、王朝闻、滑田友之弟、李瑞年、滑田友、叶浅予。（注：此照片为李苦禅之子李燕提供）

1951年，中央美术学院绘画系师生在校园内合影。
前排左起：陈洞庭、赵宜明、齐白石、徐悲鸿、靳之林。
后排左起：万国志、蔡英、贺全安、臧任远、王志杰、李忠言、李苦禅、宋广训、骆新民（骆拓）、李可染、马维华、田世光。

李小可、李珠、李庚在中山公园。

1952年，李可染夫妇在大雅宝住所。

1954年，李可染在黄山写生。

1953年
· 参加第二次中华全国文学艺术工作者第二次代表大会、全国美协全国委员会扩大会议。
· 齐白石当选为中华全国美术工作者协会主席。李可染再次当选理事。
· 陪同何塞·万徒勒里到南京参观。

1954年
· 决心变革中国画，请邓散木刻"可贵者胆"、"所要者魂"两枚印章。随即与张仃、罗铭南下江苏、浙江、安徽等地写生3个月，面向大自然寻求创作源泉，在山水画的题材、样式、笔墨等方面均取得重要突破。归来后，在北海公园悦心殿举行"李可染、张仃、罗铭水墨写生画展览会"，齐白石题写展名。画展共展出作品80件，其中李可染40件、张仃12件、罗铭28件。展览会《前言》称这次写生的目的在于"画一些具有中国传统风格的，但又不是老一套的，而是有亲切真实感的山水画"。实际上就是要"把传统中优良部分加以发扬，使它能适合于反映目前的现实，同时把现代外来的技法融化在传统的风格中，使表现力更加丰富"。展览会在社会上引起了强烈反响。黄永玉撰写《可喜的收获——李可染江南水墨写生画观感》（刊登于《新观察》1954年第23期）一文，认为这是继承和发扬传统水墨画的一个新尝试，是提

1955年，李可染在北京与捷克画家在一起。

1959年，李可染与学生们在颐和园合影。

倡国画改革以来的可喜收获。这次写生创作对山水画新风格的发展影响极为深远。

· 写生途中，在杭州黄宾虹家中逗留6天，观摩请教。拜访了京剧名家盖叫天，交流学艺心得。

1955年

· 作品《颐和园画中游》参加在苏联展览馆（今北京展览馆）举办的第二届全国美术展览会。

1956年

· 中央美术学院成立中国画革新小组，张仃任组长，成员有李可染、叶浅予、蒋兆和。

· 赴江苏、浙江、安徽、湖南、湖北、四川、陕南等地写生，历时8个月，行程万余里。归来后，在中央美术学院举行"李可染水墨山水写生作品观摩展"。王朝闻发表《有情有景》一文，指出李可染的创作有鲜明的个性和独特的风格，称"李可染面临不同的对象写生，不是'复习'别人既成的作品和重复别人的感受，也不是消极地简单地记录其所见，而是带着对于它的爱的情绪来表现了不同的自然的特点，尽管和别人一样画了一些自然现象，却具有出色的效果"。

· 在《中国青年报》发表《中国杰出的画家齐白石》一文。

1957年

· 与关良一起访问德意志民主共和国4个月，柏林艺术科学院为两人举办联展。德累斯顿印行李可染山水画作品7件。访德期间，观摩了大量伦勃朗（Rembrandt Harmensz van Rijn）的作品，对用光及暗部处理体会尤深。其间，还创作了《麦森教堂》、《易北河上》、《德累斯顿暮色》、《德国磨坊》、《魏玛大桥》等数十幅写生作品，在用传统笔墨表现西式景物、构图、用光、色调等方面都获得了新的进展。

1958年

· 连续5天观摩"齐白石遗作展览会"。在《美术研究》杂志发表《谈齐白石老师和他的画》一文。

1959年

· 与颜地一起同赴桂林写生，创作《桂林小东江》、《漓江边上》、《桂林阳江》、《画山侧影》等作品。中国美术家协会主办"江山如此多娇——李可染水墨山水写生画展"，在北京、上海、天津、南京、武汉、广州、重庆、西安等八大城市巡回展出，并由人民美术出版社出版《李可染水墨山水写生画集》。

· 捷克斯洛伐克为庆祝中华人民共和国建国10周年，在首都布拉格举办"李可染画展"，出版《李可染画集》（捷克文、英文）。《红色权力报》刊登专题文章予以介绍。

· 带领中央美术学院中国画系学生到颐和园、八大处及丰沙线山区进行写生教学。

1961年，李可染与闻捷、前民、李准、李纳、曲波在北戴河合影。

1962年，李可染夫妇与母亲在一起。

李可染与母亲在大雅宝院子里合影。

1962年，李可染与妹妹李畹在北戴河。

· 在《美术》杂志第5期发表《漫谈山水画》一文。

1960年

· 参加第三次中华全国文学艺术工作者代表大会、中国美术家协会第二次代表大会，当选为全国美协理事。

1961年

· 主持中央美术学院中国画系山水科教学，成立李可染山水画室。

· 首次到北戴河休养，创作《杏花春雨江南》等作品。此后连续3年，冬季在广东从化、夏季在北戴河从事创作，步入一个全新的发展阶段。这个时期创作的重要作品还有《鲁迅故乡绍兴城》、《暮韵图》、《万山红遍》、《谐趣园图》、《榕湖夕照》、《漓江胜览》、《巫山云图》、《钟馗送妹图》和《五牛图》等。

· 4月26日，在《人民日报》发表《谈艺术实践中的苦功》一文。

· 中国美术家协会主持拍摄艺术纪录片《画中山水》，介绍潘天寿、傅抱石、李可染、石鲁等画家及其作品。

1962年

· 带领学生到桂林写生，创作《阳朔木山村渡头》、《清漓烟雨图》、《黄海烟霞》、《万山红遍》、《天下秀图》、《钟馗送妹图》等作品。

1964年

· 作品《万山红遍》参加在"全国美展华北地区作品展览"（第四届全国美展）。

· 完成《清漓天下景》巨幅山水。

1966年

· "文化大革命"开始，被打成"反动学术权威"，被迫停止创作，山水画创作飞跃过程一度中断。在极其困难的条件下临习书法，锤炼笔墨。

1969年

· 为北京饭店作画。

· 下放到湖北丹江口咸宁干校（至1971年返京）。

1971年

· 奉周恩来总理指示，调回北京。

1972年

· 为民族饭店创作巨幅《阳朔胜境图》等作品。

1973年

· 在北京东交民巷六国饭店为外交部作巨幅《阳朔胜境图》，

1965年，李可染夫妇与李珠、李庚合影。

20世纪70年代，李可染夫妇与儿子李小可合影。

20世纪70年代，邹佩珠、李庚观看李可染写书法。

1977年，李可染夫妇在庐山。

郭沫若夫妇专程前来看望。

· 作品《树杪百重泉》作为国礼赠送外国元首。

· 在民族饭店与吴作人一起接受赵浩生访谈，访谈录以《李可染、吴作人谈齐白石》为题刊登于香港1973年第12期《七十年代》。

· 从大雅宝胡同甲2号迁居西城三里河。

1974年

· 因《李可染、吴作人谈齐白石》一文，被诬为"妄图否定无产阶级'文化大革命'的右倾翻案风"，饱受批判。

· 为民族饭店所作《阳朔胜境图》被指责为"黑画"。

1976年

· 为日本华侨总会绘制《漓江》、《井冈山》两幅巨作。

1977年

· 为毛主席纪念堂绘制巨幅《井冈山图》，创作之前特意游览庐山、井冈山，三上黄洋界写生。

· 请唐云刻"白发学童"印章，周哲文刻"七十始知己无知"

1977年，李可染在南昌八大山人故居。

印章。

1978年

· 当选为第五届全国政协委员。

· 拟游览黄山、九华山、三峡。登黄山、九华山后，因心脏病发作，转赴武汉，盛夏为湖北轻工业局山水画学习班讲授山水画。

1979年

· 在《美术研究》1979年第1期发表《谈学山水画》一文，对山水画创作实践进行系统、全面的总结。

· 当选为全国文联委员、中国美术家协会副主席。

· 招收姜宝林、徐义生、万青力、龙瑞、王镛为山水画专业研究生。

· 中央美术学院、北京科学教育电影制片厂联合拍摄艺术家叶浅予、李可染、李苦禅、蒋兆和教学影片。成立李可染艺术教学影片创作组，艺术教学片《峰高无坦途——李可染的山水艺术》，欣赏片《为祖国河山立传》、《李可染画牛》开

1978年，邹佩珠陪李可染在黄山写生。

1978年，李可染在黄山写生。

1980年，李可染在桂林写生。

1980年，李可染在宁波写生。

1980年，李可染在桂林写生。

1980年，李可染在浙江绍兴奉化。

1980年，李可染在桂林写生。

1980年，李可染与孙女李曦在一起。

1980年，李可染在桂林。

1980年，李可染等在西湖边拍摄山水画艺术教学影片。

1981年，李可染访日时与儿子李庚在岚山合影。

1981年，李可染在日本东山魁夷家与主人合影。

始进入编剧和拍摄准备工作。

1980年

· 被推举为北京山水画研究会名誉会长。

· 赴杭州、苏州、无锡、桂林等地拍摄山水画艺术教学影片。

· 发表《生活、传统、修养》一文。

· 香港《美术家》（总第13期）发表孙美兰撰写的《李可染和他的山水艺术》一文。

1981年

· 参加中国文联8人代表团（阳翰笙任团长）应邀访问日本。

· 中国画研究院成立，李可染任院长，蔡若虹、叶浅予、黄胄任副院长。

1982年

· 上海人民美术出版社出版《李可染画论》。

· 艺术教学片《峰高无坦途——李可染的山水艺术》及欣赏片《为祖国河山立传》、《李可染画牛》摄制完成。

1983年

· 当选为第六届全国政协委员。

· 应日中友好协会、日中文化中心和朝日新闻社邀请出访日本。在东京、大阪举办"李可染中国画展"，吴作人为画展作序。到长崎、京都等地访问，与日本画家东山魁夷、平山

1981年11月1日，李可染与中国画研究院艺委会成员合影。

1983年，李可染在参观纪念齐白石诞辰120周年作品展时留影。

郁夫、加山又造、高山辰雄、宫川寅雄等进行艺术交流。

1984年

· 湖南湘潭举行齐白石诞辰120周年纪念大会，李可染书"游子旧都拜国手，学童白发感恩师"一联赠齐白石纪念馆。

· 台湾《雄狮美术》九月号发表郑明撰写的《现代山水画革新者——谈李可染的艺术》一文，介绍李可染的艺术成就。

· 台湾《艺术家》杂志发行专辑，介绍李可染的艺术成就。

· 作品《江山无尽图》参加第六届全国美展，被授予荣誉奖。

1985年

· 参加中国美术家协会第四次代表大会，再次当选为中国美术家协会副主席。

· 徐州旧居重新修复，李可染参加开幕式，并捐赠《黄山烟云》、《苦吟图》等26件书画作品。

1986年

· 中国文联、中国美术家协会、中央美术学院在中国美术馆共同主办的"李可染中国画展"，展出1943年至1985年间创作的作品202件，全面展示了李可染40余年探索中国画革新的历程。

· "黄宾虹研究会"在北京成立，李可染、林散之任名誉会长。

· 7月，德意志民主共和国艺术科学院授予李可染"通讯院士"荣誉称号，德意志民主共和国驻华大使颁发证书及和平奖章。

1987年

· 为学生黄润华、张凭、李行简在日本举办的联展撰写《"苦学派"画展前言》，提出自己个人及影响所及而形成的画派为"苦学派"，认为流派对于时代而言即是个性。

· 中国美术家协会为李可染、叶浅予、李桦举行八十寿辰从艺座谈会。

1988年

· 当选为第七届全国政协委员。

· 应物理学家李政道博士邀请，为中国高等科技中心举办的国际学术讨论会"同步辐射的应用"创作《晓阳辐射新学光》。

1989年

· 将菲律宾籍华人李昭进捐赠建立李可染美术基金会的10万美元捐献给中国艺术节基金会。

· 向国际修复长城及拯救威尼斯活动捐赠作品《雨过泉声

1987年，李可染接受德国记者采访。

1987年，李可染与邹佩珠在北戴河友谊宾馆院内。

1988年，李可染夫妇合影（李文如摄）。

1988年，李可染夫妇在日本前首相中曾根康弘题字前留影。

1988年，李可染夫妇合影（李文如摄）。

1988年10月28日，李可染等为"北京国际水墨画展"剪彩。

1989年2月5日，李可染参加"为修复长城及拯救威尼斯——中外现代名画和艺术品展览"开幕式，并捐赠作品《雨过泉声急》。

急》，该作品在中国历史博物馆举行的拍卖会上拍出4万美元的高价。

· 在"林风眠艺术研讨会"上作题为《一位真正的艺术家》的发言，盛赞林风眠的艺术成就与品格。

· 向马海德基金会捐款10万元。

· 晚年提出"东方既白"想法，预示东方文化的复兴。逝世前数日，在师牛堂召集学生就东方文化的复兴以及中国画问题进行长谈。

· 12月5日，李可染因心脏病突发去世，享年82岁。

20世纪80年代，东山魁夷夫妇到李可染家中拜访。

2000年12月,李可染墓地落成。

作品索引

江山无尽